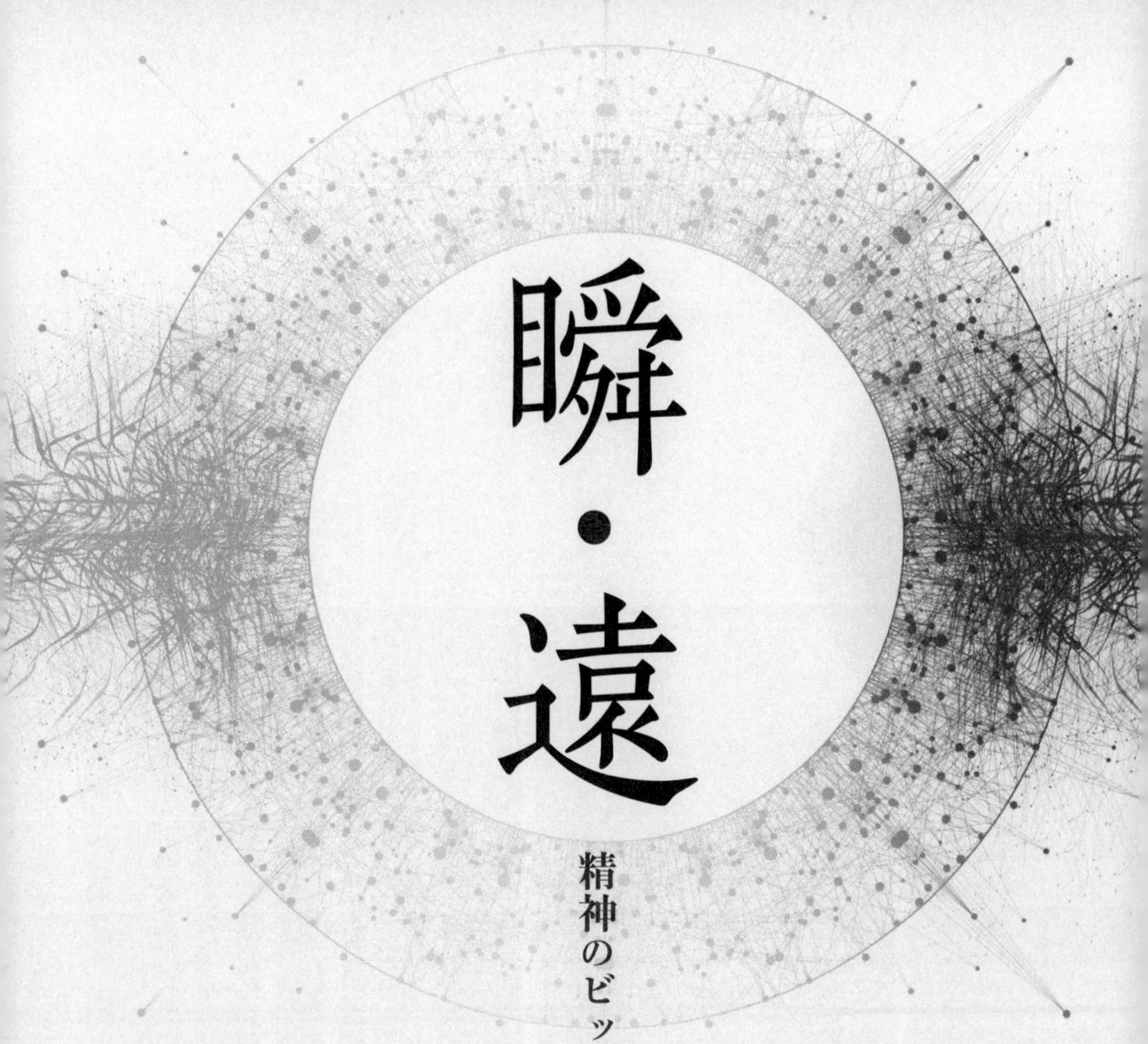

瞬・遠

精神のビッグバン

Asabuki hidekazu
朝吹英和

Katsumada hiroyuki
勝間田弘幸

ふらんす堂

まえがき

朝吹英和氏から「芸術のコラボレーションを中心とした共著を刊行しませんか」という提案を頂いて、喜んで引き受けました。原稿も揃ってきた頃にタイトルをどうするのかと話し合った時、私は、朝吹氏の書かれた第Ⅳ章の「両極を究めたオットー・クレンペラー」の中の

「『魔笛』の終幕でのパパゲーノのアリアは自殺寸前の絶望の淵から一転して生の喜びに反転する高揚感に溢れ、喜びの頂点を駆け抜けるフルートの楽句は、僅か1秒程度の短さにも拘わらず、清流の中で陽光を浴びて魚が反転した時の一瞬の光にも似て、生命の力を感じる。瞬間が永遠に繋がるモーツァルトの音楽の素晴らしさである」

というところが心の琴線に触れたという話をしました。そこで幾つか候補は出たのですが、結局書名は「瞬・遠」に落ちつく事になりました。赤丸点は太陽であり、私の作品の〝花ふふむ（蕾）〟であり、命の象徴なのです。そして打ち合わせをしている中でこの本は精神のビッグバンに繋がるという思いに至り、「精神のビッグバン」も副題として加えることになりました。打ち合わせの帰りに書店に寄ったところ

『KUKAI』（２０１８Vol.１）という本が目に飛び込んできたので手にとり、開いてみると、そこには「宇宙は言葉である」とあったのです。なんと「大日如来が悟られた後冥想して心に浮かんだ言葉を発すると一番最初に『バン』という言葉が出てその言葉は宇宙全体（法界）に広がってゆく。その後に菩薩や仏様が生まれた」とありました。

「ビッグバン理論」はロシア生まれのアメリカ人のジョージ・ガモフにより提唱され、こちらの「バン」という言葉は「大きな響き」ということらしいのです。いずれにしても感動とは、瞬間に生まれて心の中に愛というエナジーが芽生える現象と思われます。その感動の経験は、記憶として色々な機会に繰り返し甦ってくれる命にとっての勇気と希望の源泉なのだと思います。

高校生の時に一つの疑問がありました。それは瞬間的で且つ永遠的なことってなんだろうと……。その疑問は10年後に聴いた巖本真理弦楽四重奏団の生演奏で大感動した時に解けました。自分の心の中にも愛が存在していたことを気付かせてくれた芸術って凄い、と感じたのです。

末筆になりますが、朝吹氏を始めお世話になりました皆々様には誠に有難く感謝の気持ちで一杯です。

勝間田弘幸

目次

第Ⅲ章　意識と無意識

第Ⅳ章　両極の往還と超越

第Ⅵ章　精神のビッグバン

瞬・遠

――精神のビッグバン

朝吹英和
勝間田弘幸

第Ⅰ章　「空」の認識

『カオスより生まれし心象（出現）』――ビッグバン

朝吹英和

勝間田さんから喫茶店でこの作品を見せて頂いた事が本書を企画するきっかけであった。予備知識は全くなく作品を見た瞬間に私は渦を巻いている放射状の強いエネルギーを感じた。絵画を見る人によって様々なイメージが湧出する作品の好例ではないか。

勝間田さんの創作のプロセスは別記の通りであるが、私には中心部のブラック・ホールの如き闇の中に振り返っている黒猫の姿が感じられ、更にその猫の背後にも別の猫が居るように感じた。本作品の中核に守護霊の如く存在する猫。

画面左上には闇夜を飛翔する蛾や翼龍などの姿が幻視された。更に、宇宙の始まりに起こった爆発的なエネルギーの膨張（ビッグバン）を、本作の深い闇と火球の如く激しく燃え盛る火焔の熱気が漲る絵画から想起した私の脳裏には、ショスタコーヴィチの『交響曲第7番』（1941年）第1楽章のクライマックスが鳴り響いた。

第2次世界大戦の最中、ドイツ軍の侵攻によってレニングラードが包囲されるという危機的な緊迫した状況の中で作曲された本作の第1楽章は、作曲者自らが「戦争」という表題を示した通りクライマックスでは大編成の管弦楽に別動隊のブラスバンド（金管10本）も加わって、ショスタコーヴィチの15曲の交響

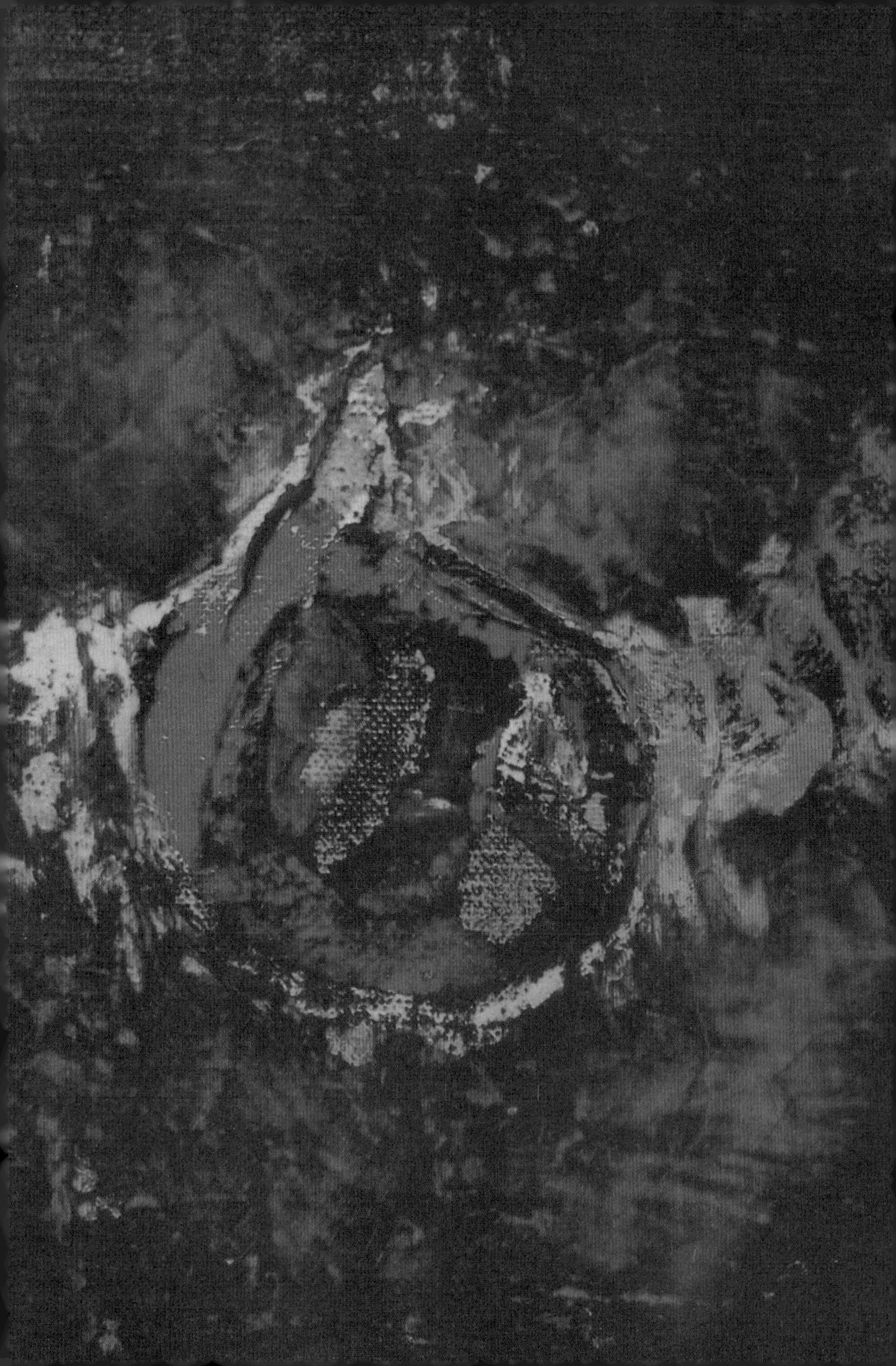

曲の中でも屈指の壮絶な時空に圧倒される。訴求力が強く幻想性に満ちた絵画から音楽へ、そして更に俳句へとクォンタム・リープ（非連続的飛躍）さながらに時空転位する体験は芸術創造や芸術体験の醍醐味であろう。

火 蛾 の 舞 ふ 闇 の 深 さ や 地 雷 原　朝吹英和

氏が占い師から聞いたとする「中央に出現した観音の横顔」は猫の胴体にある。右側の3名の女体はモーツァルトのオペラ『ドン・ジョヴァンニ』で主人公に弄ばれるドンナ・アンナ、ドンナ・エルヴィーラ、ツェルリーナが想起された。私の勝手な妄想かも知れぬが、芸術作品は作者の魂の発露であり、創造の源泉には作者の人生体験の蓄積や祖先から伝承したＤＮＡの存在があると思われる。

果 て し な き 死 者 の 点 呼 や 虎 落 笛　朝吹英和

絵画創作のプロセス　　勝間田弘幸

画面中央の赤を感じる円の内側が花芯、外側が花弁をイメージした想像上の「自分の花」を咲かせようとしましたがうまくいかず、悪戦苦闘。思い立って油絵具を重ねた画面をナイフで削り取った結果、花芯中央に右を向く観音様の横顔が出現して驚愕しました。更に花芯の右に3名の女性のヌードも発見しました。木炭による艶消しを周囲に施し幻想性を追求しました。

作品を見た占い師の女性は「中央に観音、その隣に菩薩、観音の頭上にも菩薩が見える。その菩薩から右の3名の女体にかけて17世紀から現代までの恋の成就が叶わなかった女性たちの怨念が渦巻いている」と指摘してくれました。

『緋色の刻・蝶々』――絵画・音楽・俳句のコラボレーション

朝吹英和

パルジファル「少ししか歩いていないのに、随分遠くに来たような気がする」。

グルネマンツ「ここでは時間が空間に変わるのだ」。


ワーグナーの舞台神聖祝典劇『パルジファル』第1幕、老騎士グルネマンツがパルジファル（穢れなき愚かな若者）と共に聖杯が安置されている神殿に向かう場面での啓示的な対話。

音楽、絵画、彫刻、文芸等芸術から受ける感動は様々であるが、人間の精神が創造したがゆえにその本

一面のロ短調から蝶生る

暮れなづむ緋色の刻や蝶凍つる

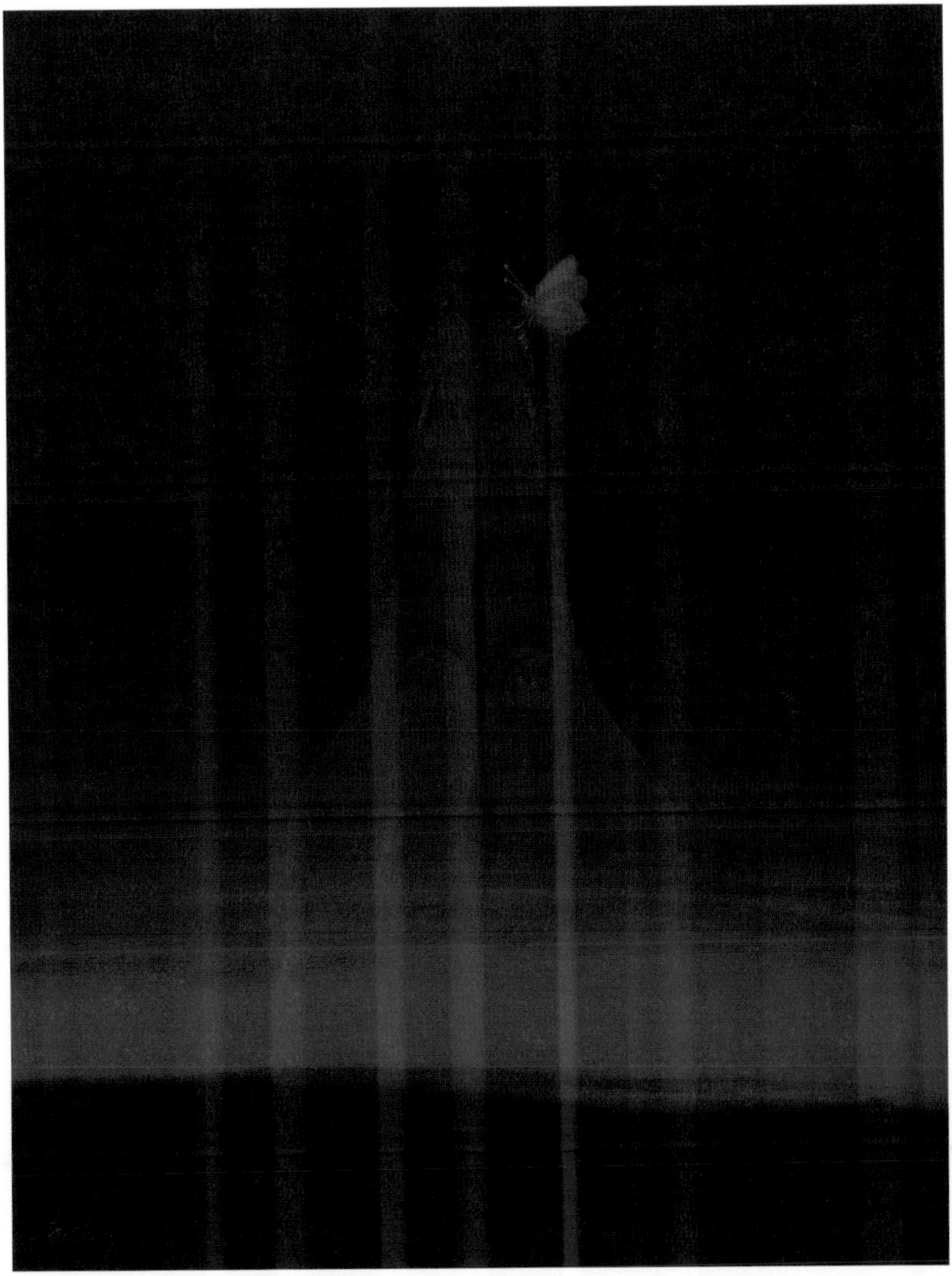

▲緋色の刻・蝶々　２０１９年作

質は感覚的であると同時に精神的な深みを志向する。

モーツァルトやワーグナー、ヴェルディのオペラ、ベートーヴェンやブルックナー、マーラー、ショスタコーヴィチの交響曲、ショパンのピアノ曲などのクラシック音楽は魅力的な旋律の美しさ、多彩な響きと変幻自在なリズムの変化、更にはソナタ形式や循環形式、フーガ等劇的かつ緊張感のある音楽の重層構造によって時間芸術でありながら空間的な広がりのある時空にタイム・スリップする事が可能である。

花鳥風月・行雲流水に代表される万物流転の循環律は自然の摂理、日々の生活や芸術創造においても通底する哲理であり、俳句もまた状況喚起力の強い季語を中核として、「切れ」によって空間性を獲得する事が出来る。また、音楽を聴いていると鮮やかな色彩や映像が目に浮かぶ事がある。音楽を聴いて色を感じる「色聴」は共感覚の一種であるが、音楽には不可視の時間を可視化する力が内在している。


ショパン弾き了へたるま丶の露万朶　　中村草田男

ピアニストであった草田男夫人の弾くショパンの音楽に触発されての作品であろう。「ピアノの詩人」と呼ばれたショパンの抒情に満ちた名作の中でも静謐な時空と夢見るようなロマンに溢れた21曲の『夜想曲』（ノクターン）は秋の夜長に相応しい。最終和音の余韻が一面に露の降りた闇に吸い込まれたとする掲句には瑞々しい時空のクオリア（感覚の質感）を感じる。直子夫人の影響であろうか中村草田男（1901～1983）には音楽をモチーフとした俳句が多い。

ベートーヴエン聴くと掌に分け落花生
実　桜　や　ピ　ア　ノ　の　音　は　大　粒　に
夏　の　月　ヴ　ァ　イ　オ　リ　ン　弾　き　頭（づ）を　傾　げ

画家で俳人の糸大八（1937〜2012）の「写生って言うけど、言葉で写生をするのは所詮不可能。視覚的イメージで俳句を作る。つまり映像を立ち上がらせる訳よ」は俳句の骨法の一つであり、抽象的な時間芸術である音楽の象徴性・空間性に起因する感動を作句のベースとする事は芸術相互の力を相乗させ新鮮な時空を開く意味で有意義であろう。音楽をテーマとした俳句の幾つかをご紹介したい。

雷　雨　過　の　い　よ　い　よ　涼　し　モ　オ　ツ　ア　ル　ト　　森　澄雄
春　愁　の　一　曲　オ　ー　ボ　エ　地　平　曳　く　　中村草田男
打　ち　て　開　く　シ　ン　バ　ル　秋　は　死　な　ざ　る　べ　し　　磯貝碧蹄館
カ　ザ　ル　ス　が　逝　き　て　部　厚　き　露　の　闇　　草間時彦
音　符　に　も　ピ　リ　オ　ド　が　あ　り　吾　亦　紅　　島村　正
行　く　秋　は　フ　ル　ー　ト　そ　れ　も　無　伴　奏　　仲　寒蟬
ク　ロ　イ　ツ　ェ　ル・ソ　ナ　タ　折　り　鶴　凍　る　夜　　浦川聡子
弾　初　や　チ　ェ　ン　バ　ロ　の　音　の　黒　光　り　　長嶺千晶
雪　し　ま　き　コ　ン　ト　ラ　バ　ス　の　夜　が　更　け　る　　木村かつみ

瞑想のチェロの森より春の鹿　朝吹英和

モーツァルトを通じて友人となった画家の勝間田弘幸氏の個展で私は特に印象深い作品に出逢った。『緋色の刻・蝶々』と題する35・5×24・8㎝の版画シートに色鉛筆で加筆したものである。画廊で氏から拙句「一面の口短調から蝶生る」からイメージを得て制作されたとお聞きした。拙句から素晴らしい絵画が誕生した事は初めての経験であり、早速その作品を購入して私の部屋に飾る事にした。翌朝、モーツァルトの『アダージョ』ロ短調K・540をヴァレリー・アファナシエフ（１９４７〜）のピアノで聴きながら、絵画に見入っていた私には様々な映像が明滅し、俳句を授かる事が出来た。

暮れなづむ緋色の刻や蝶凍つる　朝吹英和
凍蝶や不戦の誓ひ新たなる
凍蝶の吐息に目覚む女神かな

俳句から絵画へ更に絵画から俳句への創作のコラボレーションはとても刺激的な体験であった。インターネットに掲載されていたマーク・ロスコ（１９０３〜１９７０）の『赤の中の黒』（１９５８）に出逢った時に私の脳裏にはムソルグスキー（１８３９〜１８８１）のオペラ『ボリス・ゴドゥノフ』（１８６９年）が鳴り響いた。ロシアの皇帝を巡る権謀術数渦巻く世界。懊悩する皇帝ボリスの内面を鋭く抉るムソルグスキーの徹底したリアリズム。一面の赤の中を分断する不気味な黒の画面から生と死、陽と陰、光と影など宇宙の根本原理である対極の鬩ぎ合いや緊張を感じ、咄嗟に寒気を切り裂く冬の雷が想起された。視覚から聴覚へと共感覚の連鎖で誕生した句である。

冬 雷 や 鎬 を 削 る 赤 と 黒　　朝吹英和

『ボリス・ゴドゥノフ』に登場する聖愚者は、私のために祈ってくれと頼む皇帝ボリスにこう答えている。

「だめだ、ボリス！
だめだ、だめだ、ボリス！
ヘロデ王のためになど
祈れない！……
聖母さまがお許しにならない」。

幕切れの場面で再登場した聖愚者の歌は極めて預言的かつ象徴的で、現在の混迷した国際社会に向けられた鋭い警句でもある。私には現在の事実上のロシアの独裁者が、16世紀に実在したロシアの皇帝を題材としたムソルグスキーの『ボリス・ゴドゥノフ』の主人公とオーバーラップして見える。

「流れでよ、流れでよ、苦い涙よ、
泣け、泣け、正教の魂よ！

まもなく敵がやってきて、闇が訪れるであろう、
真っ暗な、一寸先も見えない闇が、
ロシアはなんと悲しく不幸なのだ。
泣け、泣け、ロシアの民よ、
飢えに苦しむ人々よ！」。

（桑野隆『ボリス・ゴドゥノフ』／ありな書房刊）

宮本武蔵『枯木鳴鵙図（こぼくめいげきず）』――生と死／「空（くう）」の認識

勝間田弘幸

冬　雷　や　鎬　を　削　る　赤　と　黒　　朝吹英和

『緋色の刻・蝶々』から生まれた「雷の刀」と「赤と黒」で始まるドラマチックな朝吹氏の掲句に触発されて、私の脳裏には縄文時代の人型土偶の肩にある「赤点」と「黒点」の事が閃きました。血液は生物が生きているときは赤いが死ぬと黒くなる所から、「赤」は生を「黒」は死を象徴しているそうです。刀

は正に一瞬にして生と死を切り分けてしまう鉄です。鉄は熱すると赤くなり、溶けてドロドロになると噴火したマグマの如く真っ赤になりますが、冷めると黒色に近付き、研いでゆくと鏡のように光を反射するまでになります。

地球の質量の3分の1は鉄で、マグマをコアとした北極と南極を起点としてN・Sの地磁気（太陽風などを防いでくれる）を始めとする磁石の鉄から、ビルの鉄骨・鉄橋・鉄道など、鉄は世界の文化・文明に多大な影響を与え続けていると思います。

モーツァルトのオペラ『コジ・ファン・トゥッテ』に登場する医者が磁石を治療に使っていたという時代から見ると、現代では特に磁気力の応用になるMRI（磁気診断装置）などの医療分野から、改札口で使用するSuicaなど、生活の細部にわたり想像を絶するような応用・発展につながっています。

縄文人が「生と死」を「赤と黒の点」に収斂させて表現した事は、物事の本質を見抜いたものとその慧眼に感銘しました。更に私の脳裏には、宮本武蔵（1584頃〜1645）の描いた『枯木鳴鵙図（こぼくめいげきず）』のことが過りました。墨で描いた一本の枯木の上部には鵙が辺りを睥睨している一方、枯木の中程を尺取虫が這い上がってゆきます。このまま時間が経過して尺取虫が鵙の近くに行けばその鋭い嘴で一瞬にして食べられてしまうでしょう。正に「静と動」、「生と死」の鬩ぎ合う緊迫したドラマチックな場面で、「一寸先は闇」であるという事を表しているとも考えられます。剣豪だからこそ表現し得た世界が息づいています。

この絵を見て私が一番心惹かれたのは、尺取虫の頭と身が分離していることでした。私が幼少の頃、「どんな虫にも五分の魂があるんだよ」と母が教えてくれましたが、子供心にはこの「魂」が良く解りませんでした。『枯木鳴鵙図』の原画は縦の長さが125・5㎝です。尺取の頭と胴体の間に、実際に何㎜程の空隙があるのかは正確には分かりませんが、最近になって、この空隙部分は目には見えない心や魂が宿っていることを暗示するために、武蔵が敢えて「空」の状態にしたのではないかと思えて来ました。これは遺伝子研究の泰斗村上和雄博士（1936～2021）による「無意識の領域」ではないかと思ったのです。

武蔵の書いた『五輪書』の「空の巻」によれば、剣を究めることで自分の達した境地を「空」と表現しています。「空」とは定まった形のないこと、いや、そもそも形を知ることが出来ないものです。何かを会得するために鍛錬を積み、究めた先に実は何もないことを知ったのだという逆説的な考え方が展開されています。その時、一切の迷いの雲が晴れ、空の状態に達するとされています。そこに、何にも囚われない無限の広がりを強く感じるであろうと武蔵は説いているのです。

ここからは私の推論になりますが、尺取虫の頭や身は食べられても、心や魂は食べることも切ることも出来ない。武蔵が切り結ぶ相手にしても物にしても、大事なものは見えないし、聴こえないし、触れる事も出来ない。しかし、この空の状態にこそ全てが存在しているのだ、と教えられているような気持ちになりました。「生と死」について、縄文人は「赤と黒の点」で表現しました。宮本武蔵は一瞬にして「生と死」を切り分ける剣術を究めて空の境地に達したのですが、ここでもう少し『枯木鳴鵙図』の中に分け入ってみたいと思います。

構図には絶妙なバランスを感じます。枯木の筆致は、上の線と下の線が合わさる寸前の空隙が残されており、まるで二刀流の刀で上下からサーッと振り抜いたような筆跡です。良くピタリと描線が一致したものだと驚きます。剣術を究めることで体幹も鍛えられ、ブレることのない正確無比な筆運びとなっているのでしょう。

画面の左下部から右上に伸びている草木の枝も、枯木の空隙の辺りでは完全に切り離されて、かなりの空隙がありますが、絵としては確かに繋がっています。左下部の草木の右側から太筆で一気に右へ水平に

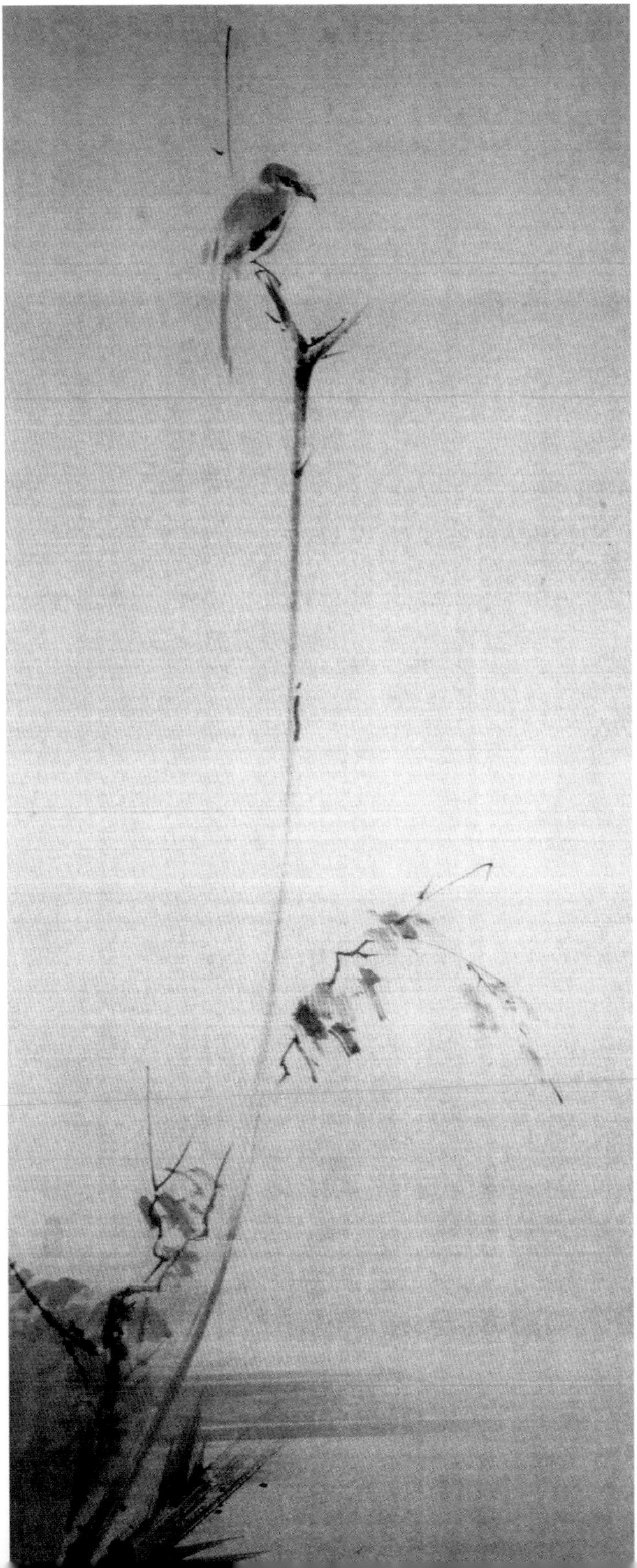

◀宮本武蔵／枯木鳴鵙図
江戸時代

引かれた線も画面中程で掠れて消えています。この水平に引かれた太線とその下の逞しさを感じさせる太い草木によってここに描かれている全ての重量を支えているように見えます。そのバランス感覚は正に一分の隙もない程で、例えば左下部の草木からの左斜め上に伸びる枝、その右上に伸びてゆくYの字形の左の垂直線、更に枯木の右側斜め上に伸びてゆく枝（因みにこの枝にも左上方を向いた小鳥が2羽いるようにも見えます）が右下へと下降してピラミッド形を造っていること。また、枯木の上部に止まっている鵙の下部から右上に分かれてゆく枝のような形、そして鵙の鋭い嘴と反対方向にある枯木の刺、刺は鵙の直ぐ下と枝分かれした下と3か所ありますが、この刺の意味する所は不明とは云うものの、鵙の尾は枯木の枝分かれした左上部に伸びてゆく線とほぼ一致しています。このように嘴と刺が団子の串のように途中が団子で見えなくても串の両端が見え、確かに繋がっていることで両端が引き合いより強いパワーを生むことを利用して、全体を力強く揺るぎない構図にしています。そして、いつ何時、尺取虫を見付け鵙が急降下して来るかも知れないという緊迫感を孕んだ枯木右側の場面に対して、鵙の窺い知れない背中側の領域も気になります。とらえ方によっては、尺取虫も一歩一歩鍛錬を積み重ねて高みを目指して来た武蔵自身のように見えますし、枯木の高みに鎮座している鵙も武蔵自身に見えなくもないと思

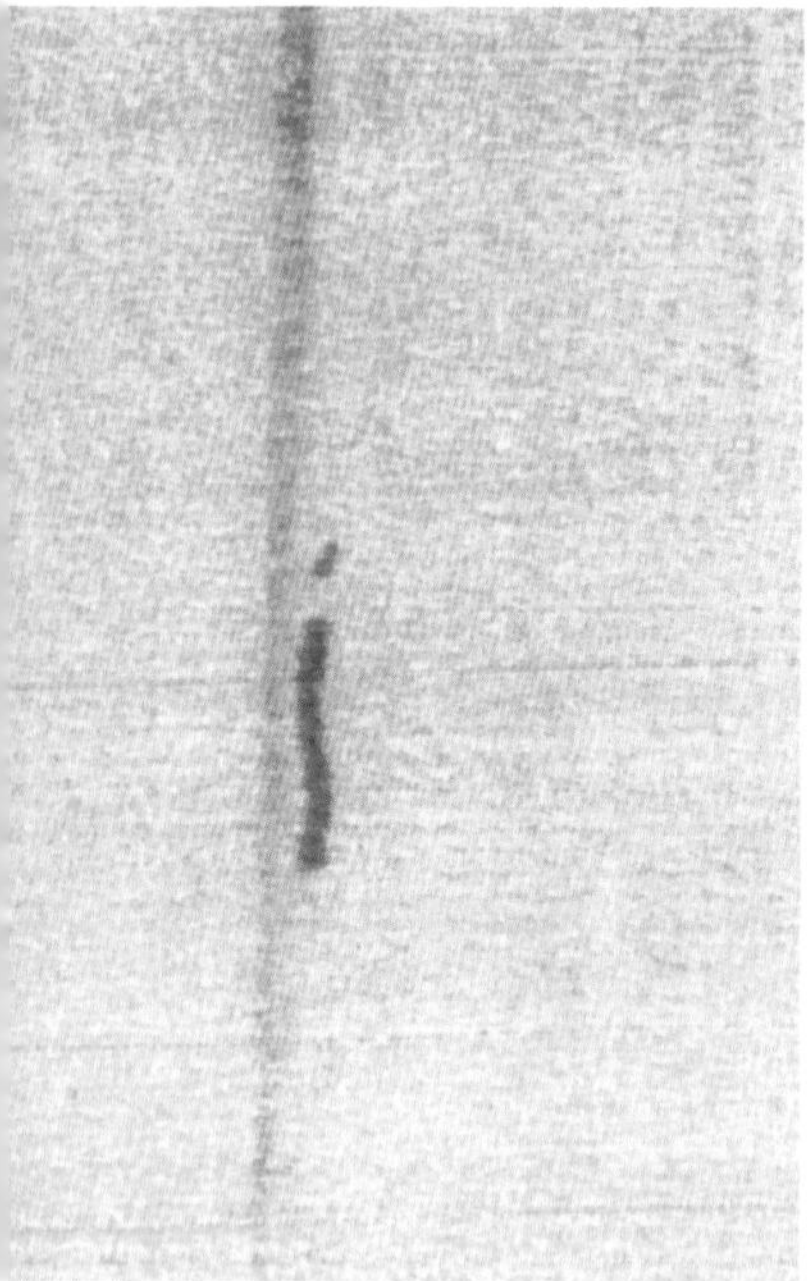

▲枯木鳴鵙図（部分）尺取虫

います。しかしながら、私にはこの絵にはもう一羽の鴟が潜んでいるように思えてならないのです。画面左下部の草木の茂みの上方、V字形の枝に嘴が左向きに掛かっていて、目もちょこんと見えて左斜め上を見詰めている鴟がいるのです。枝と葉に支えられているというか抱かれているような愛らしい雛鳥のような形です。この第2の鴟の存在は、武蔵自身も気が付いていないかもしれません。無心で描いている時、ほとんど無意識のような状態に近ければ近い程、潜在意識や心の深いところの想いや、「願わくば」という魂の叫びのようなものが形となって現れ出るのです。世界はこの直観の一撃によって変わるのだと思いました。これは正に、私が絵で試みたかった私の作画のスタンスであったため、この絵の場合も共振出来るのです。自作『月下美人』という絵（第Ⅲ章参照）に現れた人や狐の表情も、他者から指摘されて初めて見え、『カオスより生まれし心象（出現）』にしても観音様の背後に猫がいたり、菩薩様や17世紀からの恋を成就することの出来なかった女性たちの怨念が渦巻いていることなども、指摘されて初めて認識したのです。

もし、武蔵自身が後からこの第2の鴟に気付いたとしたら、「これは奇蹟が起きた」と感激し雀躍りして喜んだことでしょう！　そして、ミューズの神にも感謝の祈りを捧げたと思われます。もしもこの形を意識してサラッと描いたのだとしたら、それはただただ凄い、という言葉以外思いつきません。いずれにしても、武蔵は空（くう）の状態に達したことにより、雛のような慈愛に満ちた小鳥に生まれ変わったのだと思います。そして、その雛鳥は言うのです。「これからの世の中は刀を必要としない戦いのないお互いが相手の身になって思いやり、命の尊さを敬い、利他の心を持って慈愛の精神で誰もが自由を尊重し、生きてゆけるような世界を実現する為に協力し合うことが大切なのではないか」と。

　雛鳥のメッセージを受けて、Ｖ字形の枝に雛鳥の嘴が掛かっていることが気になっていますので、この形に拘ってみたいと思います。Ｖ字形はビクトリーのＶで勝利のサインですが、雁などの渡り鳥たちが何千㎞も大移動する時、お互いの風圧抵抗を最小限にする為に、Ｖ字形編隊を組んで悠然と飛んでゆく時の姿です。その様は夕焼の素敵な茜の空に映えて優雅でさえあります。また、Ｖ字形の下に縦線を一本伸ばすとＹ字形になります。Ｙ字形の枝の上部にゴム紐をくくりつけてパチンコを作り、木の実などを挟んで引っ張って放すと遠くまで飛ぶのです。これが鉄砲――武器の始まりだったのでしょうか、とうとう今ではミサイルや核兵器まで作ってしまった人間の現状を見たら、武蔵は何と云うでしょうか。近いうちに藪の中に現れてメッセージを伝えて欲しいと待ち焦がれているところです。

　ところで、禅にも精通し、作庭家でもあった武蔵の生み出す空隙はどうでしょう。枯木の最上部の刺も、空隙があって離れています。云ってみれば、この絵は空隙だらけで、その最たるものは何も描かれていない空間です。画面にはまるでアルベルト・ジャコメッティ（１９０１～１９６６）の細い彫像のような枯木が緊張を伴ってスーッと立っていて、その美しい佇まいと空間にハッとして見惚れてしまいます……。それは龍安寺の石庭を見た時にやはりハッとして「ああ！」とその美しさに思わず見惚れてしまうのに似ていると思うのです。私の敬愛する画家井上三綱（さんこう）（１８９９～１９８１）の第１画集に収録されている「禅と生活」の一文を引用いたします。

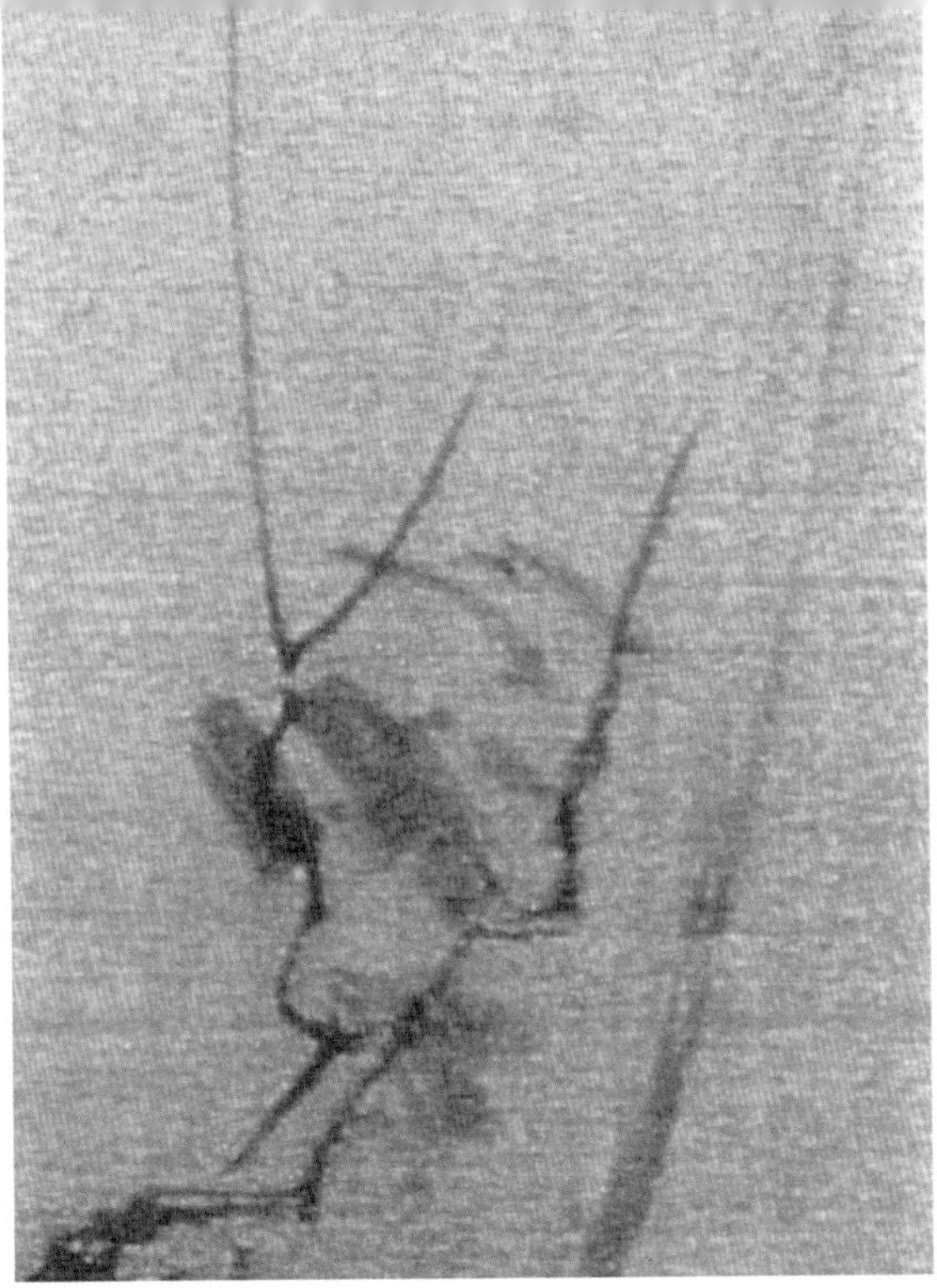

▶枯木鳴鵙図（部分）雛鳥

「禅の探求はピカソの原始芸術探求よりも一歩先きに進んだものである。原始芸術はもう現れた物で、数でいえば一であり、初めである。ところが禅では一の生まれて来る前の初源を問題にしており、〇（ゼロ）の処を、物の生まれる前の処に重点を置いて居るから、一歩先の処である。『玄牝つきず、谷神死せず、湛として存するが如きに似たり』（老子）の言も亦其処をいった。この〇（ゼロ）の、空間そのものが生き生きとして人を打つ活し方、丁度龍安寺をみた時、誰しも「おう」とか「ああ」というあれが空間の生きてる讃嘆の声である。処が人間はすぐに物にとらわれる。讃嘆の声が止まぬ内に岩と砂に眼が落ちて行く。その時から〇（ゼロ）に打たれて一に落ちて行くのである。この一がどうして〇（ゼロ）を生かしているのか。ただ今世界で唯一ジャコメッティだけが龍安寺を作っている」。

武蔵は空（くう）の精神を色々な表現に生かしていったのだと思いました。そして、空（くう）の精神に達すると、この宇宙の不易なるものに出合い、物事を俯瞰的に見ることが出来るようになり、観自在になってオールマイティーな表現活動をしていたようにお見受けします。例えば武蔵が音楽にも精通していたとしたら琵琶を演奏したのではないかと勝手に思ってしまい、色々な意味でのコラボレーションにも取り組まれたのではないかとすら思います。閑話休題。音楽では「空虚五度」という音程があります。モーツァルトの時代には空虚五度は曲が終わった気分にならないので曲の終わりには使用しないというルールのようなものがあったと聞きますが、モーツァルトは人生最後の作品となった『レクイエム』の「キリエ」や全曲の終わりにも（弟子に指示して）敢えてこの空虚五度を使用しています。ルール違反を犯してまでも空虚五度で終止させたという事は「この鎮魂の音楽が終わらないで欲しい、魂は永遠なのだ！」というメッセージをモーツァルトは伝えたかったのではないかと思います。また、ベートーヴェンは『第九交響曲（合唱付き）』の冒頭に空虚五度を使っていますが、その響きはいずれ訪れるであろう歓喜の壮大な合唱の前触れのような、未だ定まった形のない、いやそもそも形を知ることが出来ない状態、即ち「空（くう）の精神」に近いものを感じます。

第1、第2楽章は枯木の右側の鵙と尺取虫の緊迫した静・動／生・死のドラマチックな空間世界と照応し、やがてはこの世界にも訪れるであろうこの世のものとは思えないような麗しく美しい緩徐楽章（第3楽章）のメロディーが右空間から徐々に枯木の空隙にも浸透してゆき、左側の空間世界にも満ちてゆきます。それでも、この美しい世界だけでは足りないと……！　皆が一人一人が幸せである平和の世界に向けての「合唱」なのだと!!　武蔵の雛鳥のような魂も右側のお弟子さんのような小鳥たちも一緒に合唱しているように見えました。

武蔵が空（くう）の境地に達した頃の時代背景は、ようやく武士の時代に終りを告げる頃に重なっています。武士を辞した武蔵なのですから、この際改めて芸術家として歓喜なる平和を求めて再出発するに当り、雅号を「無差（むさし）」（刀の替りに空（くう）を差し）、「無蔵（むさし）」として欲しかったと思いました。「無」とは西洋では「ナッシング」を意味しますが、東洋ではゼロ、そしてラブ（愛）と捉えている節があります。このルーツは老子の「玄牝つきず、谷神死せず、湛として存するが如きに似たり」から来ているのだと思います。私の解釈ですが、愛という名のエナジーが生まれ全てのものが生ずるところ……即ち宇宙の始まり……ビッグバンの起こる地点ではないかと。いずれにしても、無（愛）を蔵（ぞう）している蔵（くら）とは正に創造力の源なのだと思いました。

自然界の掟

朝吹英和

勝間田氏に教えられて私は初めてこの作品を知った。本作を所蔵する和泉市久保惣記念美術館館長の河田昌之氏の解説に依れば、墨の濃淡だけで立体感を表す「没骨法（もっこつ）」と、筆数を減らして形象を略し、本質を端的に表す「減筆体」を基本にしているという。ネット上の画像だけで鑑賞した結果であるが、私が印象深く感じたのは枯木の垂直性と左右の余白の広さであった。画面に漲る緊迫感については勝間田氏の論考が参考になったが、余白の広さについては俳句が読み手の想像力を喚起するために極度に切り詰めた短詩形であり、余白を重視することと通底するものを感じた。肉食性で獰猛な鵙と武器を持たない小さな尺取虫との対比は正に両極の象徴であり、弱肉強食の自然界の掟を描いてはいるものの、生命とは何か、共生とは何か……等画面から何を思い何を考えるかという武蔵の問い掛けが胸に迫った。刀は人を殺すためのものではなく精神を鍛えるためのものであるという剣術の極意が本作には凝縮されているように思った。

ニ短調のイメージ――音楽の調性からの絵画創造

勝間田弘幸

音楽からは色々と頂いていますが、ただ聴くだけで感謝ばかりです。私は「調性」については日頃から興味がありました。作曲家は想いなどを調性に託して作曲するのです。そこで、この調性のイメージを形にできないものかと始めたのが『音楽の調性シリーズ』でした。

この『ファンタジー№1　ニ短調のイメージ』は黒い紙に色鉛筆で中央下部にあるブルーのハート形から描き始め、左右へ広がり徐々に上方へと発展してゆきました。今までに聴いたニ短調の曲のイメージと

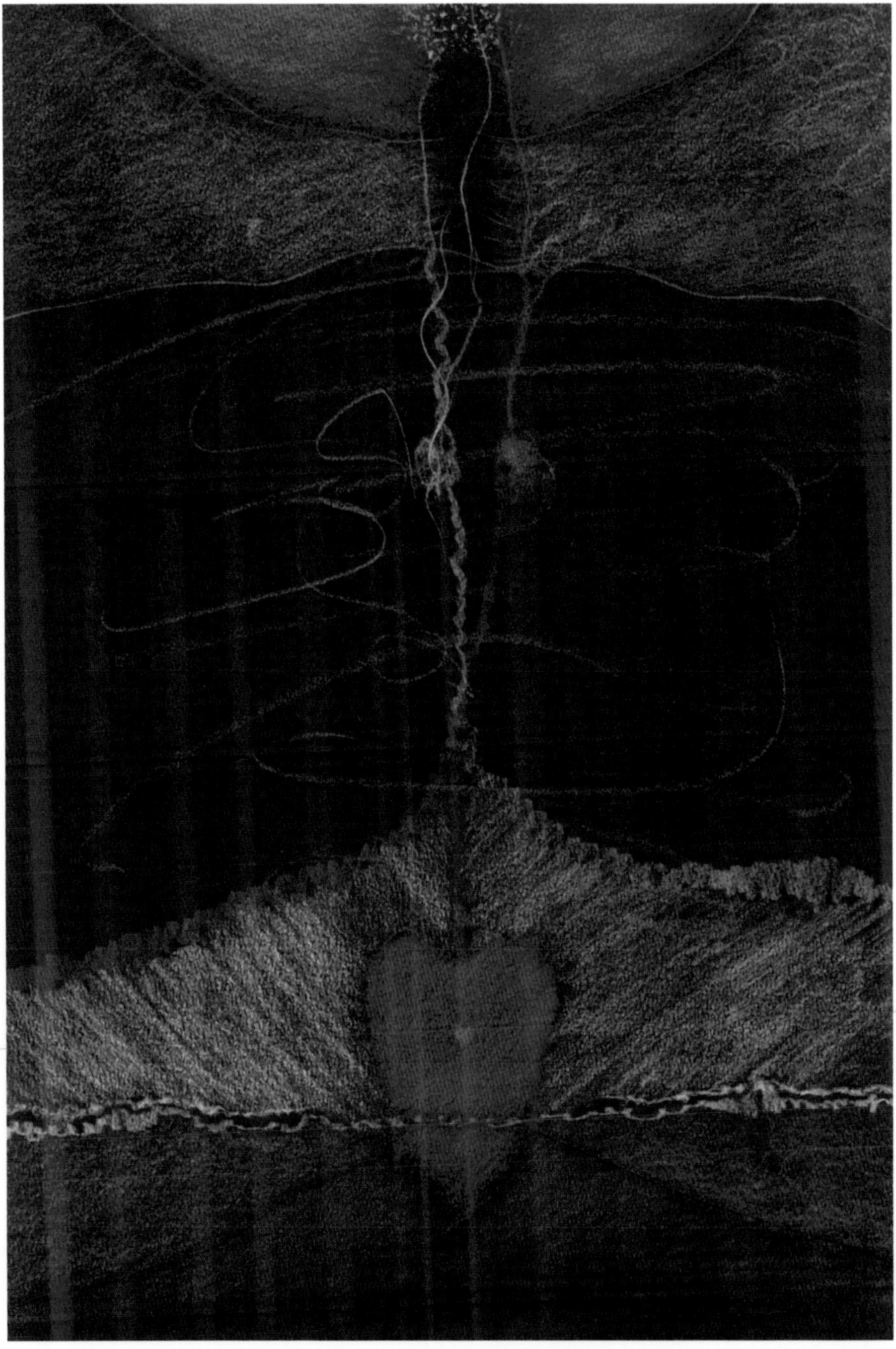

▲ファンタジーNo.１（ニ短調のイメージ）　２０１３年作

いえば、例えば鎮魂とか哀しみの中の美しさとか、色々と浮かんできますが、この絵の場合は、モーツァルトの『レクイエム（ニ短調）』の世界や、ルドンの描く花の絵『グラン・ブーケ』の最上部にある美しい花に感じた儚さ、一抹の淋しさが画面上部の作画の原点にあったと思います。そして、日々私の心に沈殿してゆくドロドロした色素や、縺れたり絡まったりする心の糸を、切ったり時には結んだりしながら自己の人生とも照らし合わせつつ、感動したニ短調の曲のイメージに近づけるべく意識して作画しました。果たして形と色の絡み合いの中にこのニ短調への想いが湛えられているでしょうか。

モーツァルトのニ短調――両極を往還するもの

朝吹英和

5〜6層に塗り分けられた多層構造の画面中央に螺旋状に立ち昇る幾筋かの軌跡が見える。全体は暗く沈んだ色調であるが、底の部分には縦方向に引き伸ばされた紫紺の形がハートのようにも見える。勝間田さんに創作の原点をお聞きした所、モーツァルトの『レクイエム』ニ短調K・626をイメージされたとの事。死の床につきながらも、死者のための鎮魂曲の作曲に残されたエネルギーを注いで一心に作曲を進めたモーツァルトの心境は如何ばかりであったのだろうか。1791年12月5日モーツァルトは『レクイエム』を完成する事が叶わずにこの世を去った。

モーツァルトの義妹ゾフィー（1763～1846）が再婚したコンスタンツェ夫妻に送った手紙（1825年）には、「彼の臨終は、まだまるで口で自分の《レクイエム》のティンパニをあらわそうとでもするようでして、私には今でもそれが聴こえてきます」と認められていた。モーツァルトの没後34年近く経ってからの手紙ゆえ、記憶違いや多少の脚色があった可能性は否定出来ないが、『レクイエム』のティンパニの響きを聴く時、私にはこの手紙に記された光景が目に浮かぶ。

私にはハート型の死者の蒼褪めた魂が天上に昇ってゆく様子が想起され、中央右寄りに描かれたピンク色の塊は昇天する魂のように見えた。

ニ短調の音楽と言えばモーツァルトの『レクイエム』やオペラ『ドン・ジョヴァンニ』の他に、『ピアノ協奏曲第20番』ニ短調K・466の冒頭が思い浮かぶ。

揺れ動くシンコペーションが不安な心象を喚起して開始される同曲の演奏には数多くの録音が残されているが、私の最も好きなクララ・ハスキル（1895～1960）のピアノ独奏、イーゴリ・マルケヴィッチ（1912～1983）指揮コンセール・ラムルー管弦楽団の演奏は、マルケヴィッチの鋭角的な切り込みの鋭い指揮によって彫の深い緊張感が生まれ、モーツァルトの感じたであろう心象風景はかくやと思わせる喚起力に満ちている。ハスキルの端正で品格を感じる底光りするようなピアノの演奏、特に第2楽章の一音一音嚙み締めるような、流れ去る時を慈しむような心を籠めた響きが心に染み渡る。（1960年10月録音）本盤を録音したハスキルが駅構内の転倒事故がもとで急逝したのは収録の僅か2か月後の事であった。

この曲を聴く時、私の脳裏には三島由紀夫（1925〜1970）の『金閣寺』で台風が接近する中、不気味な黒雲の下を溝口が金閣寺に急ぐ場面が想起される。また、雲の峰を詠った芭蕉の名句を読む時、山形県月山に沸き上がる積乱雲、不穏な気象の急変と人間の内奥の心象とが重層する時空の中で芭蕉の脳裏に去来した心象風景とがオーバーラップする。

雲の峰幾つ崩れて月の山　松尾芭蕉

『奥の細道』の旅路で山形県の月山を訪れた時の俳句。信仰の山として知られる月山は死者の霊が集結する霊地である。真っ黒な雲の峰（積乱雲）の生成は不穏な気分に満ちている。やがて降り出す雨は夏の疲弊した大地を潤し、動植物に恵の水を齎す。雲の峰には生命を育むエネルギーが内在している。死の象徴である「月の山」と生の象徴である「雲の峰」とを連結する「幾つ崩れて」に込められた詠嘆は、生の無常と輪廻転生の本質を表している。

芭蕉（1644〜1694）はモーツァルト（1756〜1791）より112歳年長であるが、数多くの旅路の中で出会った自然、歴史、文化、そして様々な人々との交流の中に芸術創造の源泉があった点で共通するものがある。優れた芸術に通底する空間性の表現は鑑賞者と宇宙との合一感を齎す。

レクイエム流れし雪野ひた走る

黒鍵に躍る死神野分雲

朝吹英和

ピアノソロでは謎に満ちたモーツァルトの『幻想曲』ニ短調K・397を空間性を獲得した作品の一例として挙げたい。モーツァルトの自筆譜が残っていない上に1804年に初めて出版された楽譜は97小節で中断している。現在一般的に知られている最後の10小節の補筆がモーツァルトによるものか否かは未だ確定していないと聞く。

曲は分散和音のニ短調のアンダンテで開始され、やや感傷的な旋律と焦燥感のある楽句とが交錯しつつ進行する。半音階や休止符を挟みながら歌われるアダージョ部分では静寂な自然の中で物思いに耽るような気分で森や湖の景色が脳裏に明滅する。最後はニ長調に転調してこれぞモーツァルトともいうべき明るく軽快な調べのうちにコーダを迎える。明暗、静動、生死、浮沈などの両極を自由自在に往還するモーツァルトの音楽の凝縮した極致である。終盤の転調では森の中に射し込む春の柔らかな光が映像と共に実感される。

ハ長調のイメージ――無作為に始まるフーガ

朝吹英和

『花ふふむ（蕾）２２２６・３Ｅ（ハ長調のイメージ）』は、２・４×19・６mの大作であり、映像でしか見た事がないものの、氏が指摘された「直線的な勢いや星雲状の渦巻き」がはっきりと見て取れモーツァルトの『交響曲第41番』ハ長調Ｋ・551（ジュピター）第４楽章の壮麗なフーガの重層構造との見事な一致を実感した。モーツァルトを愛する氏に内在し蓄積されたエネルギーの発露であろう。

モーツァルトの『ジュピター』の第４楽章を聴くと、対位法的技巧とフーガの重層的な展開により輝きに満ちた広壮な空間／星座などの宇宙空間が想起される。『ジュピター』の命名は英国でハイドンを支援したザーロモンによるとされるが、ギリシャ神話の最高神ゼウス（宇宙を支配する天空神）に因んだネーミングは正に「名は体を表す」ものとして正鵠を射ている。ゼウスはローマ神話ではユーピテル（英語ではジュピター）であるが、ゼウスとは明るく輝く空を意味するものと聞く。

▲花ふふむ（蕾）２２２６・３Ｅ（ハ長調のイメージ）２００７年作

「私は今、これら三曲が統一されたひとつの作品だと確信しています。これらはわずか数週間のうちに書かれたもので、契約や音楽会のような、作曲のきっかけとなることもありませんでした。つまり、彼には一つの計画、『器楽によるオラトリオ』を書こうとするアイディアがあったのです」と語ったニコラウス・アーノンクール（１９２９～２０１６）は、「モーツァルトほどの天才であれば、交響曲を組み合わせて大作を作曲する、ということも楽にやってのけたのではないか」とも語っている。（２０１３年に録音された最後の３大交響曲ＣＤの冊子より）

　眼前の銀河の光はすでに遠く過ぎ去った日の光であり悠久の彼方への思いと宇宙とがひとつになった感興を覚える。

　『ジュピター』の終楽章の4音からなるテーマはグレゴリオ聖歌に由来すると言われ、モーツァルトは『交響曲第1番』変ホ長調K・16に取り入れた上に、他の数多くの作品に見られる、お気に入りの旋律であった。単純なテーマが対位法的に重層しつつ展開される音楽を聴いていると、私は辻邦生の指摘する「死によって有限であるがゆえの生の至福」を感じ、滴りに水源を持つ川が支流を集めて大きな流れとなって海に注ぐようにも、また天空に架かる無数の星の集積である銀河の輝きのようにも感じられる。芸術における感動とは宇宙との合一感を身をもって体験することであり、私が「神ってるモーツァルト」を感じるのも正にそのような瞬間である。

「天の河の明るさが島村を掬い上げそうに近かった。旅の芭蕉が荒海の上に見たのは、このようにあざやかな天の河の大きさであったか。裸の天の河は夜の大地を素肌で巻こうとして、直ぐそこに降りて来ている。恐ろしい艶めかしさだ」。「『この子、気がちがうわ。気がちがうわ。』そう言う声が物狂わしい駒子に島村は近づこうとして、葉子を駒子から抱き取ろうとする男たちに押されてよろめいた。踏みこたえて目を上げた途端、さあと音を立てて天の河が島村のなかへ流れ落ちるようであった」。

（川端康成『雪国』より）

マーラーの『交響曲第5番』第4楽章の終結部は大きなクライマックスの頂点から漆黒の空に一瞬花開いた花火が火の粉となってキラキラ煌めきながら落下する如く一気に深い淵へと吸い込まれる。私はコンサートでこの音楽を聴くときに「雪国の夜空を焦がす火事の鮮烈な映像の中で音を立てて崩落するカタストロフの息を呑む美しさ」が脳裏でオーバーラップする。

音楽評論家の吉田秀和（1913〜2012）は著書『セザンヌは何を描いたか』（白水社刊）の中で、パウル・クレーの言葉「絵とは目に見えるものを描くことではなくて、見えるようにすることだ」を引用して、セザンヌの絵画に対する姿勢について、「セザンヌの場合は、絵のなかに何かが見えてくるだけではまだ不充分なのだ。画布という平面のすべてが、それまで存在しなかった一つの新しい領域に変化するのでなければならない」と述べ、「その一つの新しい領域を『絵画的空間』と呼ぶとしたら、絵は、白いカンヴァスを『絵画』につくりかえる仕事のなかにある」と結論付けている。

吉田秀和に倣って申せば、音楽の力は演奏される時空を可視化させ、『音楽的空間』を現出せしめることにあるのではないか。

「物の見えたる光、いまだ心に消えざる中に言ひ留むべし」。（芭蕉）

「言葉で写生をするのは所詮不可能。視覚的イメージで俳句を作る。つまり映像を立ち上がらせる訳よ」。（糸大八）といった俳句の本質を衝く言葉に芸術全般に通底する哲理を感じるのである。

「私は、作曲という仕事を、無から有を形づくるというよりは、むしろ、既に世界に遍在する歌や、声にならない囁き（つぶや）きを聴き出す行為なのではないか、と考えている。音楽は、紙の上の知的操作などから生まれるはずのものではない。音符をいかに巧妙にマニピュレートしたところで、そこに現れてくるのは擬似的なものでしかないように思える。それよりは、この世界が語りかけてくる声に耳を傾けることのほうが、ずっと、発見と喜びに満ちた、確かな、経験だろう」。

（武満徹『時間（とき）の園丁』／新潮社刊）

また、同著で武満は、芸術の創造においては目を凝らし、耳を澄ませる事の重要性を説いている。芭蕉が四季の循環律の中で自然から掬い取って言葉に結晶させたように、モーツァルトもまた宇宙の鳴動に耳

▲花ふふむ（蕾）2226・3E（展示風景）

を傾け、鋭敏な五官で感知して音符に記していったのではないかと思う。

ハ長調をイメージした勝間田氏の絵画作品について氏は、「この作品は最初から全景が見えていた訳ではなく、無作為で始まった中央部が左右に約20ｍ、2年間がかりで拡大成長しました。絵を描く前に全体の形のイメージがないことが常に未知なる世界に旅立つようなワクワク感を伴った冒険に心がときめきました」と語り、本作を鑑賞して下さった友人のコメントの要旨を紹介してくれた。「線は空間と同価であり、またその有限性を否定するかのように宇宙の膨張と同期しているように思います。このような作品は古代のウパニシャッドから現代のジョン・ケージに繋がる精神世界の宇宙感から生まれたもの。故に見る人をしてその根本原理に立ち向かわせる力を持っているのです。ジョン・ケージの卓抜な点は、音楽と外界のすべての音は等価である事、又一つの曲が終わるとはどういうことなのか、従って始まり、真ん中、終わりがある有限時間的対象物にも係わらないように注意している事です」。更に、氏は「本作を鑑賞した朝吹氏はモーツァルトの『交響曲第41番』（ジュピター）ハ長調をイメージされました。そうしたご指摘を受けて私には第1楽章の宇宙に向かってゆくような直線的な力強い勢いが画面中央左寄りの下部から始まる緩やかな角度の左右に開かれたV字形の直線がサムシング・グレイトに向かって行くように感じられたのです」。

そして、「画面左側にある渦巻と中央左寄りにある渦巻が画面を超えた上部で繋がり右側中央のシングルの渦巻と響き合い、更には左側の渦巻と右側中央のシングルの渦巻と画面を超えた上部で繋がったり、丁度第4楽章の4音のモチーフによるフーガのように発展してゆくようにも見えてきて、上下にも更に左右にも画面を超えて更に膨張、発展するように見えてきたことは誠に有難いことでした」とも語っている。

春 銀 河 突 き 抜 け て ゆ く フ ー ガ か な　　朝 吹 英 和

第Ⅱ章　梵我一如の世界

『花ふふむ（蕾）2227』——梵我一如の世界

勝間田弘幸

本作を鑑賞して頂いた年上の友人からの書簡の抜粋をご紹介します。

「『花ふふむ』のシリーズは、彼にとって『新しい旅立ち』であった。既成の画面が成長拡大を遂げて以来、大画面に移行してゆく。それは精神的な解放が肉体に及び、身体の呪縛を解き放された事を示しているように思える。手が描くというよりもむしろ身体の自由にして、速やかな動きなくしては表現し得ないであらう。長大な、エネルギーに溢れた画面の形象は、又見る者も引きつけて、移動を余儀無くさせる。これはもはや通常の絵画ではない。『身体性を持った絵』と云えるであらう。私が感じていた、異質なものとは、この身体性に外ならない」。

「彼にとって今、画くとは、或煌めく空間を感じるとやがてその空間と心と身体が一体となり、自他の境界が消滅し、宇宙的な世界との融合が生まれる。それに従って動き絵が生まれるのであらう」。

「拡大成長を内蔵するタブローは、収められる枠を持ち得ないであらう。一つ一つのタブローが次の継続を暗示している様に、これらを連続して並べることにより、又上下、左右、前後に置くことにより、又円筒やメビウスの環に描くなどで新しい空間を創り出すことも可能ではないかと限りない想像力をかきたてる」。

これを書きながら連想したのは、インド最古の文献である『ヴェーダ』の哲学的部門を代表するウパニシャッドの事でした。その一部を辻直四郎『インド文明の曙』（岩波新書）の第10章から抜き書きします。

「ウパニシャッドの基本をなす教義を一言に要約すれば、大宇宙（自然界）の本体と小宇宙（個人）の本体とは同一であり、この真理を悟って生死の繋縛から離れて解脱するにある。……個人の本体（個人我）をそのまま宇宙の本体（宇宙我）と同一視することは唐突に見えるが、古くから個人の生活機能と自然界の現象との相応が認められた。……各個人は小宇宙であり、大宇宙の模型である。……大宇宙の本体と本質的に一致しなければならない。ここに個人の本体は宇宙の本体に高められ、いわゆる梵我一如の教義が成立した」。

書簡の後半では、「梵我一如」そのものを私の作品に感じていただき誠に有難く、感謝です。『花ふふむ（蕾）』・『内なる風景』のシリーズでは、もしかして宇宙意識や根源意識や潜在意識や無意識界から形が引き出されるかも知れないと！　可能な限り無作為、無心、願わくば無意識の状態で描き始めるように心がけておりますが、この実験的試みを通じて少しでも自分を知ることに繋がればと思っています。そして、魂は無意識と繋がっていると信じて……。

花ふふむ（蕾）2227　2007年作▼

ある音楽家は、個性的な新しい試みに出会った時、主義・主張が違うからと云って直に否定するのではなく、お互いの試みを辛抱強く見守るようにし、そしてそのような姿勢が根付いてくると、これからの日本文化も期待できるのではないかと言っていました。そうなれば自由に試みることが新しい創造へと繋がるのではないでしょうか。

『花ふふむ（蕾）２２６４～２２６８』——意識と無意識

勝間田弘幸

この5点は連作風に、無作為で1点ずつ描いたのですが、画廊主が並び変えたりして繋げてくれました。それを見てビックリ！　これは面白い形になったと自分なりに、どのようなメッセージがこの中にあるのかなどと考えたりしました。この作品が美術誌「ギャラリー」（２００７年９月号）に掲載されたので次に抜粋します。

「勝間田の友人が作品を見て連想し、発した『梵我一如』という言葉だ。これは、古代インドの

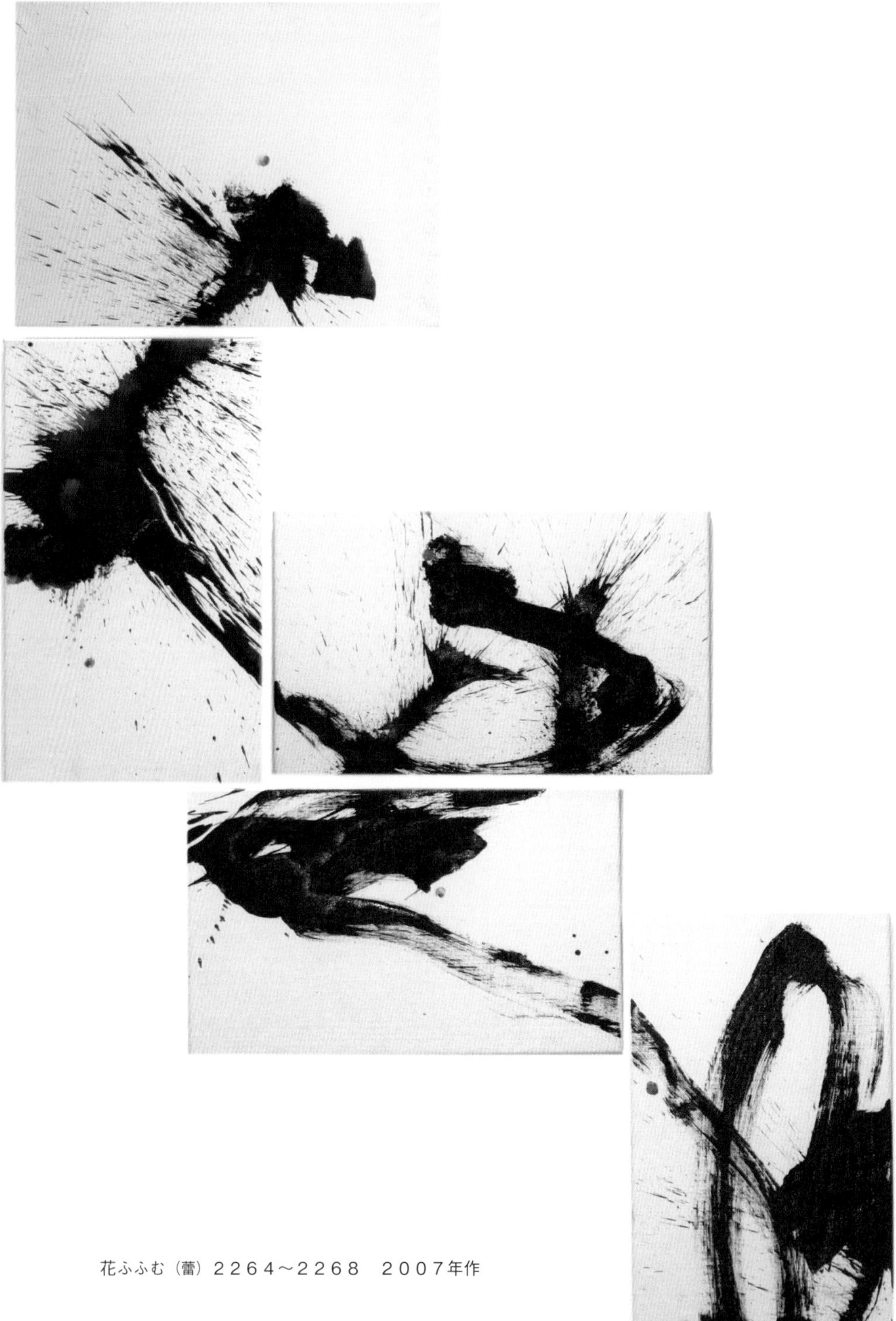

花ふふむ（蕾）2264～2268　2007年作

ヴェーダ教典究極の悟りとされる。梵は宇宙を、我は自己を指し、宇宙と自己の一体化、あるいは宇宙と自分の同一視が梵我一如の意味だ。日本では、苦しみを乗り越えれば至高に達するという意味で使われる。単なる偶然か、墨の抽象画作品誕生と繋がる」。

句集『光陰の矢』の装幀——クォンタム・リープ

勝間田弘幸

表紙を見た第一印象は、斬新なデザインから、宇宙空間に飛び立つロケットのジェット噴射の炎のようなイメージを抱きました。それはジェット噴射された光陰の矢が宇宙の大伽藍の中にある鐘を目掛けて打ち鳴らすようなイメージとリンクしていました。本の背表紙には第四句集とあり、裏表紙にかかる帯には自選12句が掲載されていますので、ここに紹介致します。

クリムトの金の煌めき卯浪立つ　　朝吹英和

火蛾の舞ふ闇の深さや地雷原

槍長きドン・キホーテに秋陽射す
長考の果てなる一手飛蝗跳ぶ
縄文の舟分け入るや稲の波
年輪の声聞く霜の夜更けかな
冬雷や鎬を削る赤と黒
音階の行きどまりにて鶴凍つる
意表衝くロングシュートや寒明くる
土筆野の水子地蔵の鼓動かな
守護霊は海月でありし沈没船
光陰の矢に刺し抜かる晩夏かな

この帯には、たおやかで格調の高い赤色の心温まる親和力に加えて、更に燃えるような情念を内に秘めた情熱の炎の中から言霊の矢が天空目掛けて放たれてゆくような印象を受けました。カバー表紙の銀色の箔に輝く「光陰の矢」というフォントの放たれた方向は斜め右上（この方向は左利き右利きに関係なく、アグレアブルに感じ希望と憧れに満ちたサムシング・グレイトに向ってクォンタム・リープしてゆく唯一の飛翔の方向である）に焦点が合されており、この矢は現在進行形のように見えると同時に、「光」と「矢」の文字のはらいが共に左下へと伸びてゆくカタカナの「ノ」に見え、その先端意識には、自己の内側に存在する

◀句集『光陰の矢』装幀　２０２０年

太平洋・大西洋のようなスケールの「深淵なる無意識の大海」に向けての探査も同時進行形で暗示されているのだと思います。

　そして、表紙のベースになっている黒色と上部5.5㎜幅、下部5.0㎜幅の白色は、創造の原点のような、宇宙の根源のような太極の陰陽を感じさせ、その上に赤色の帯を加えることで途轍もないパワーを生み出しているように感じます。このベースになっている黒色はダークマターの世界で、白色はダークエネルギーの世界と見るのが相応しいと思いました。

　装幀者である君嶋真理子さんの見識の高さに改めて驚愕します。

俳句と絵画や音楽等、他の芸術とのコラボレーションによる『瞬・遠』（精神のビッグバン）を共著で出版しようというプロジェクトが開始された時、最初の打ち合わせの席で朝吹氏の句集を無意識に開いて驚きました。何故なら、朝吹氏の作品の「鐘を打つショスタコーヴィチ雪起し」という句が以前から気になっていたのですが、パラリと開いた本の左ページ二句目にその句がすえおかれ、私の目に飛び込んで来たからです。その後、この句の誕生に繋がったショスタコーヴィチの『シンフォニー第11番』ト短調（アレクサンドル・ラザレフ指揮日本フィルハーモニー交響楽団の演奏）のCDをお借りして聴いたところ、第4楽章の曲が終わるちょっと手前のところから鐘を打ち鳴らすシーンがありました。私はこの曲を聴いて感動の衝撃波を浴びたことで、表紙デザインがジェット噴射のイメージから今度は衝撃波のイメージに変容してきたのです。

ジェット噴射のような光陰の矢が宇宙の鐘を打ち鳴らすような印象から、「鐘を打つショスタコーヴィチ雪起し」の緊迫した雷鳴轟く警鐘に衝撃を受けて、光陰の矢が衝撃波の矢の如くに見えて来ました。そして先端の炎と漆黒の闇とが融合するような神秘的ゾーンへと誘われるように見え、更には暖色系の炎が暗示する太陽の火炎が見え、寒色系の炎が暗示する地球の水炎が見え、暖色・寒色の両極に跨った赤紫、青紫の炎が月の紫炎に見えて参りました。その月の紫炎は七変化し、色も赤紫から青紫までが可視光であり、その両端の先は矢張り神秘のゾーンになるのだと思われます。太陽と地球とその間を彷徨う月の三者が融合しているように見えて参りました。

水炎の右にある著者名の下の英文表記が宇宙に向かって飛翔する『光陰の矢』へ搭乗するタラップにも

見えて朝吹氏の操縦による4次元から先の次元への旅が始まります。帯文には「生々流転する時空のクオリアを言霊の力によって結晶させ、現実から異次元の詩的現実の時空へクォンタム・リープ（非連続的飛躍）さながらに飛翔することが私の目指す俳句の姿である。（「あとがき」より）」とあり、表紙デザインと本句集のコンセプトが一致しています。

エッセイ集『時空のクオリア』の装幀——言霊と音楽のコラボレーション

勝間田弘幸

表紙は銀箔で書名を、著者名は白ヌキで、中央デザイン画は写真のコラージュで、本の帯は艶消しの銀に金をまぶしたような地にダーク・グレイの文字で「無常に流れ行く時間を人生の喜びや憂愁に満ちた時間に変換する芸術。音楽や俳句、そして詩に内在する自由な精神と宇宙の循環律に触れつつ人生にとって価値あるものについて語るエッセイ集。」とあり、帯の背表紙部分には「音楽と俳句」と書いてある。この表紙を見た時の第一印象は、「崇高で格調が高い」と感じました。そして拝読して言霊に触れてゆく内にイメージが湧いてきて、表紙の中央に位置する星々が集まっているような垂直の象（かたち）に天の川の印象が連想され、その中程の一際大きな光を放っている白円にホワイト・ホールを連想しました。そして表紙を開くと左ページに表紙のデザインの象が今度は白地に黒色で掲載されておりますが、垂直の象の中央の大きめの黒円にブラック・ホールを連想し、まるでコインの表・裏のような宇宙の両極とも思える2つの壮大なスケールのホールを併せ抱え持つような印象を抱きました。

同著を拝読するにつれ、正に魂を鷲掴みにされてしまうように本文にグイグイと引きこまれてしまいます。この現象を形に譬えてみると矢張りブラック・ホールが相応しいのだと思いました。

そして表紙に戻りますが、垂直の象上部のところから8本の直線が放射状に放たれ、そ

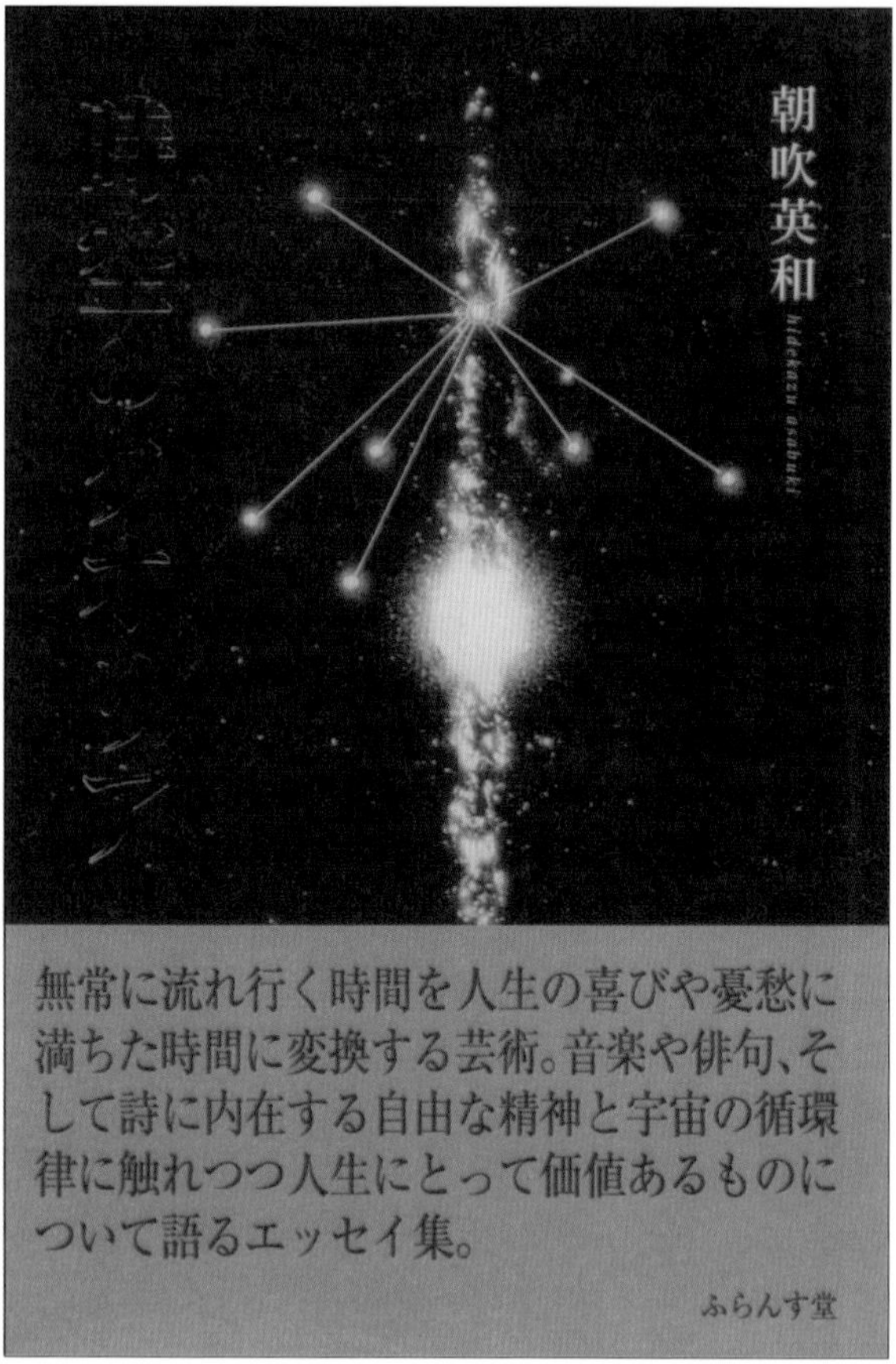

朝吹英和
hidekazu asabuki
無常に流れ行く時間を人生の喜びや憂愁に満ちた時間に変換する芸術。音楽や俳句、そして詩に内在する自由な精神と宇宙の循環律に触れつつ人生にとって価値あるものについて語るエッセイ集。
ふらんす堂

▶エッセイ集『時空のクオリア』装幀　2008年

の基点と直線の先端に輝いている星のような9つの球体にギリシャ神話のミューズの9人の女神が象徴的に配されているように感じました。そして、この本の「言霊と音楽によるコラボレーション」から導き出される第六感や霊感による霊力が、女神たちのチャクラに宿り、更にそこから愛という名のエナジーが放たれ、天の川中央のホワイト・ホールからアート・スター（芸術の星）が燦然と煌めきながら誕生している荘厳な光景を眩く感じました。この「言霊とデザインによるコラボレーション」は殆ど一心同体と云うべき究極のコラボレーションと云っても過言ではないと思える程でした。

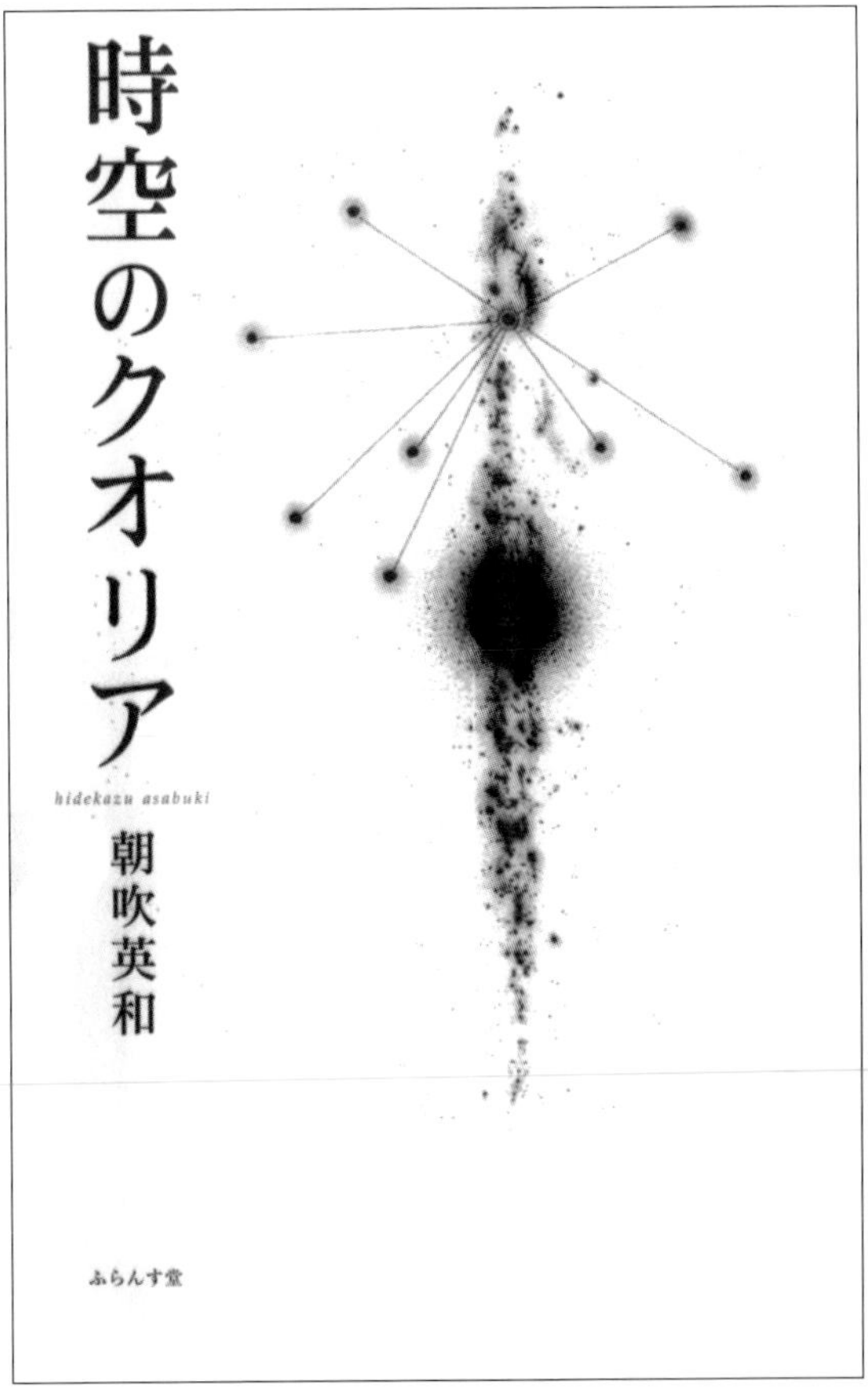

◀エッセイ集『時空のクオリア』化粧扉　2008年

表紙のデザインコンセプト——朝吹英和

拙著の表紙デザインは拙句集の装幀でお世話になっていた君嶋真理子さんにお願いした。その際に君嶋さんにご提示したコンセプトは「寒色系で、タイトルの『時空』・『クオリア』（感覚の質感）をイメージするもの」という至極簡潔なものであったが、君嶋さんから9案ものデザインをご提案頂いた。いずれも素晴らしいデザインであったが、最も宇宙的な広がりと放射状のエネルギーを感じる案を採用した。シャープな感性による喚起力溢れる君嶋さんの拙句集の表紙デザインを参考迄ご紹介したい。

句集『青きサーベル』の装幀——感性と想像力——朝吹英和

卓上に戦略無用とろろ汁　　朝吹英和

バッハ鳴る時の完熟唐辛子

言の葉の亀裂に立ちぬ冬の虹
フルートの開く地平や冬薔薇
大の字に微分積分春の空
聖堂に青きサーベル巴里祭
剝がれ行く時の小鉤や鰯雲
中天に女神の啓示犬の橇走る
獅子王の信管外す春の蜂
遠浅の海に腕組む晩夏かな

「わたしたちは、氷砂糖をほしいくらいもたないでも、きれいにすきとおつた風をたべ、桃いろのうつくしい朝の日光をのむことができます」。
（宮澤賢治『注文の多い料理店（序）より』）

「四季の律動の中で日本人のエートスが育んだ俳句は季語と五七五の韻律からなる短詩型文学であるが故に象徴性に富み、読み手の感性と想像力の中で世界が完結する。「切れ」による転位が齎す重層的空間性も俳句に特徴的な魅力である。森羅万象との交流の中で創造的な時間を生きることの素晴らしさを俳句を創ることで実感するようになった。自然の神秘に心を開く気持ちを大切に、言葉に堆積し内在する喚起力・エネルギーを引き出して新しい世界の創造に向かって精進を重ねたい。

聖堂に青きサーベル巴里祭　朝吹英和

常に自らを戒める剣を携えた騎士でありたいと思い、『青きサーベル』を句集のタイトルとした」。

（『青きサーベル』／「あとがき」より）

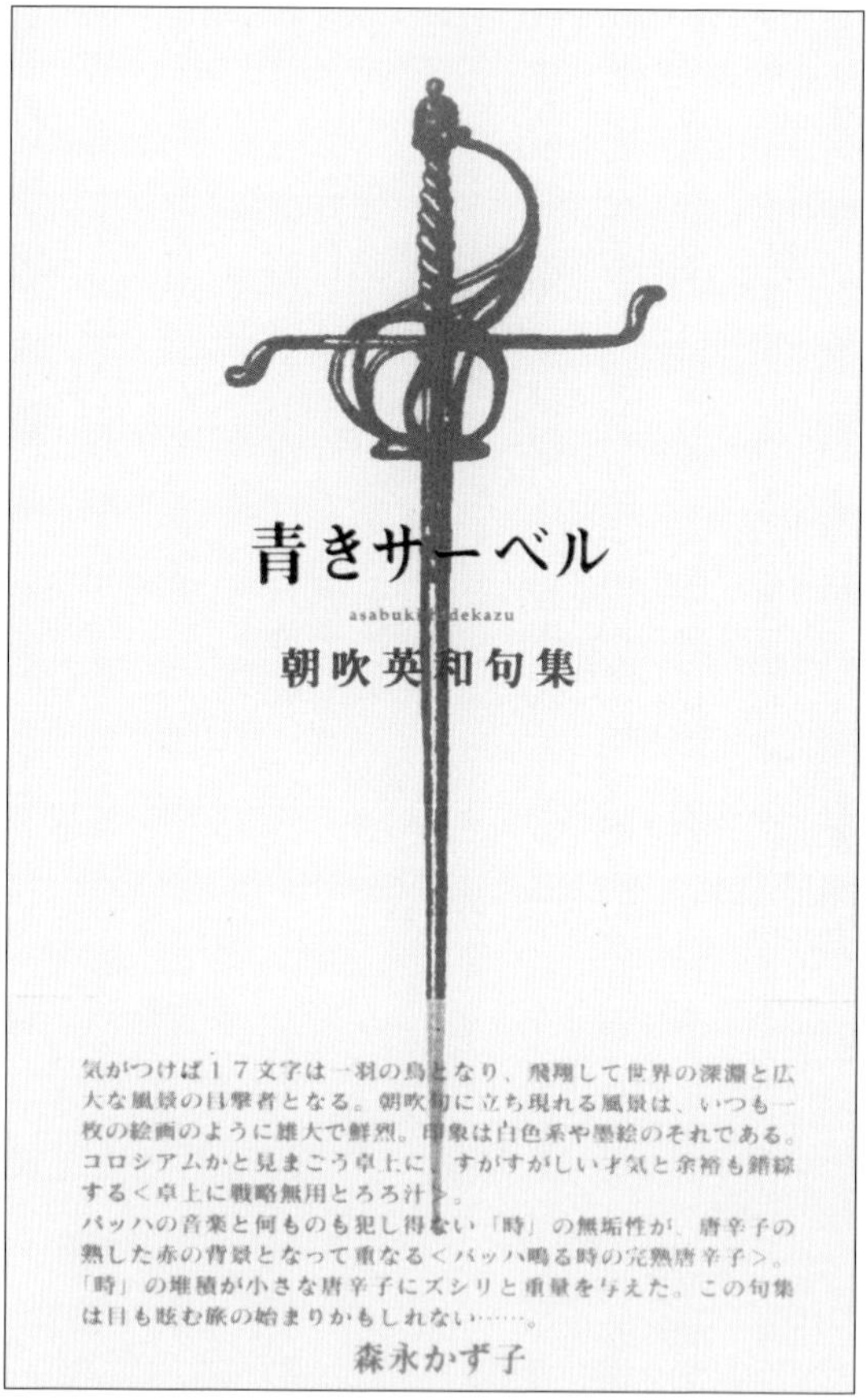

◀句集『青きサーベル』装幀　２００３年

句集『光の槍』の装幀――有機交流電燈

花冷えや聖杯騎士の槍長し　　朝吹英和

朝吹英和

金杯に満たすシャンパン小米花
麦秋のガラスの靴でありにけり
薔薇廻廊光の槍に刺し抜かる
遠き日へ降りる階段蟬時雨
機関車の率ゐて行きし晩夏かな
秋虹の溶けゆく彼方サガン逝く
フーコーの振子の揺れや穴惑ひ
霜月のネガより起こす時間かな
湯冷めしてコントラバスに抱かれをり

「わたくしといふ現象は
仮定された有機交流電燈の
ひとつの青い照明です
(あらゆる透明な幽霊の複合体)
風景やみんなといつしよに
せはしくせはしく明滅しながら
いかにもたしかにともりつづける

因果交流電燈の
ひとつの青い照明です
（ひかりはたもち
その電燈は失はれ）」
（宮澤賢治『心象スケッチ春と修羅』より）

「モーツァルトの交響曲第38番ニ長調。仄暗い聖堂を出た騎士の青きサーベルに煌めく陽光。駿馬の如くしなやかで力強いアレグロの主題がクレッシェンドしながら夏野を駆け抜ける。対位法的展開が綾成す光と影の時空を切り開いて前進する音楽のシャープなエッジ。闇の底から麦秋の煌めきへの鮮烈な転位。「光の槍」に刺し抜かれて精神の夏が輝く。

宇宙の循環律の中で生成・継起し、明滅し続ける有機交流と因果交流の照明。自然や芸術、そして

光の槍
asabuki hidekazu
朝吹英和句集
花冷えや聖杯騎士の槍長し
最後の晩餐に用いられた杯は聖なる杯である。また十字架上のキリストが流した血をヨセフが受けた杯とも言われている。その聖杯を護る騎士の姿は、キリストの沈痛の栄光を受けるにふさわしい甲冑姿。五、六人の勇者の長槍が守護の誉れを象徴している。ワーグナーの舞台神聖祝祭劇「パルジファル」にも似た効果音は、「花冷えや」にある。
磯貝碧蹄館

◀句集『光の槍』装幀　2006年

人間との様々な出逢いの瞬間を貫通する啓示的な「光の槍」。

（『光の槍』／「あとがき」より）

朝吹英和

句集『夏の鏃』の装幀——円環的な時空

朝吹英和

ヴィオラ立つ潮目遥かに雲の峰

オーボエの休止符長き晩夏かな

海底に沈むシンバル原爆忌

ゲルニカの対角線を猪走る

フェルメールその青深き十三夜

星図より引き抜く槍や冬の海

冬銀河零れて石の華開く

麝香猫に似たる女や榾明り

恩師みな天上のひと辛夷咲く

光陰の影濃きところ水を打つ
偶像を砕きし夏の鏃かな
終止符の形に夏の渦深む

「庭は空間的な芸術であると同時に時間芸術であり、その点で、音楽にたいへん近いように思う。

庭は時々刻々その貌(すがた)を変えている。だがその変化の様態は目に立つほどに激しいものではない。おだやかな円環的な時間の中で、完結することない、無限の変化を生き続けている」。（武満徹『時間(とき)の園

朝吹英和句集
夏の鏃
asabuki hidekazu
行雲流水、花鳥風月は万物流転の表徴であり、四季の循環律を象徴する季語を核として外在する世界と内なるものが響き合い、詩的空想の世界へと転位する。本句集は、夏の精気や音楽の喚起力との交響の中で授かった句を中心として構成した。
時間と空間の制約を乗り越えて飛翔する精神の矢、その貫通力を象徴するものとして『夏の鏃』をタイトルとした。（「あとがき」より）

▶句集『夏の鏃』装幀　2010年

丁』／新潮社刊）

「庭園に流れる円環的な時間……行雲流水、花鳥風月は万物流転の表徴であり、四季の循環律を象徴する季語を核として外在する世界と内なるものが響き合い、詩的空想の世界へと転位する。流転する時空のクオリアを言葉によって結晶させる営為が、私にとっての俳句である」。（『夏の鎌』／「あとがき」より）

『花ふふむ（蕾）Ⅰ』――不易流行

勝間田弘幸

40年程前、初めてキャンバスに墨と油彩で描いた『秋』（朝吹英和句集『光陰の矢』／ふらんす堂刊に掲載）のあと、2作目に描いた作品『花ふふむ（蕾）Ⅱ』を鑑賞した年上の友人から頂いた書簡で「万

花ふふむ（蕾）Ⅰ　1982年作▼

葉集には藤原朝臣（あそみ）久須麻呂が大伴宿禰（すくね）家持の娘に求婚したときの相聞歌で春雨を男に、梅を娘に譬えた歌がある」と教えられました。

春雨を待つとにしあらし我がやどの若木の梅もいまだふふめり　（『万葉集』巻四／七九二）

この歌は何とも私の作品のイメージに似合っていると感じ、時代や表現のスタイルが違っていても、そこに不易なるものを感じることができたとしたら、何と素晴らしいことかと思いました。それは不易と流行のことを物語っていて「梵我一如」に繋がってゆくツールなのだと思いました。万葉人の心の豊かさに敬服しました。《花ふふむ》という言葉には、いよいよ咲きほころびる花びらの中に微笑みが湛えられていて、見る人の心に期待や希望も膨らませてくれるような温かさを感じます。因みに蕾である赤い点を描く時は、全ての命が素晴らしい花を咲かせて欲しいと念じて油彩を直接指に付けて描いています。

そして『花ふふむ（蕾）Ⅰ』を筆頭に『花ふふむシリーズ』が始まりました。

改元された「令和」のルーツは、万葉の歌人・大伴旅人邸で天平2年1月13日に開かれた宴で詠まれた「梅花の歌」という32首が万葉集に掲載された際、そこに付いていた序文が元になったとか。該当箇所の原文は「時に、初春の令月（れいげつ）にして気淑（よ）く風和（やはら）ぐ。梅は鏡前（きょうぜん）の粉（ふん）を披（ひら）く。」の部分で、「新春の如き月、空気は美しく風は柔らかに、梅は美女の鏡の前に装う白粉の如き香りを漂わせている」とのこと。命名者は「令和」に、「春の訪れを告げる梅の花のように明日への希望と共に一人ひとりが大きく花を咲かせられる日本でありたい」との願いを籠めたそうです。『花ふふむ（蕾）Ⅱ』で梅の蕾を意識して以来、ようやく年

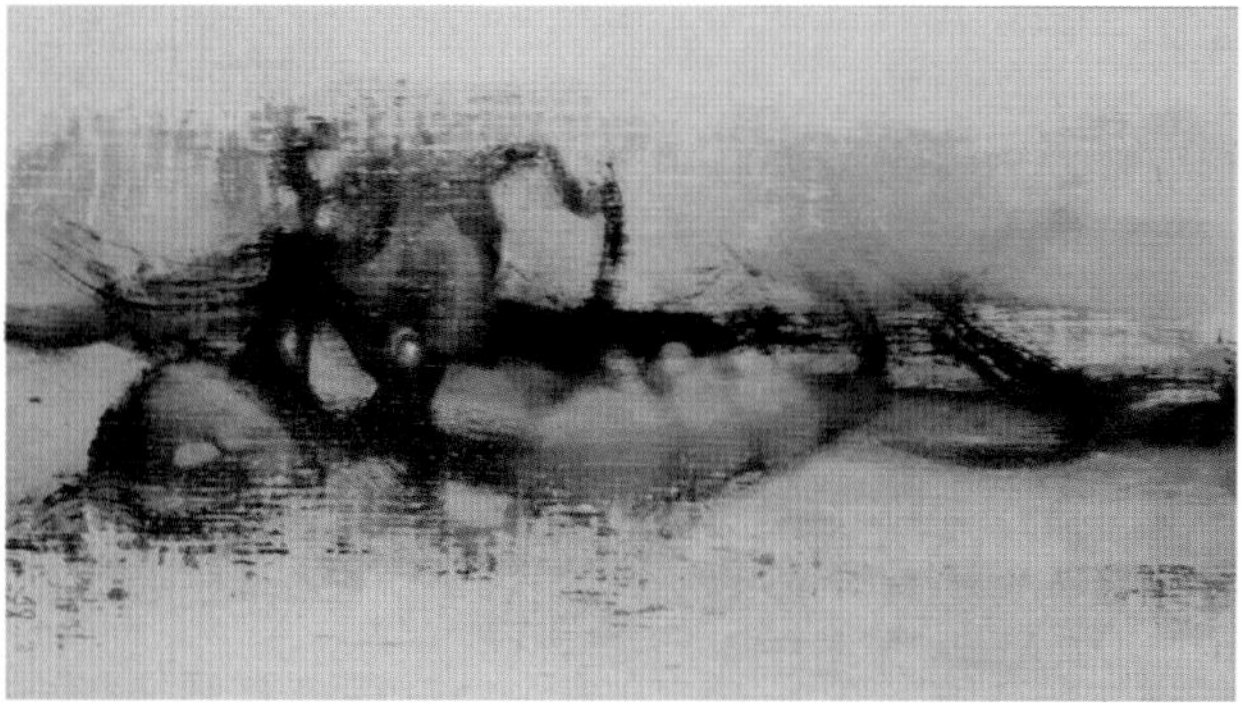

◀花ふふむ（蕾）Ⅱ　１９８３年作

号の命名に纏わることで作品としても開花を迎えることが出来た気持ちです。まことに幸いなりであります。

作品を通して「梵我一如」に出会ったのは『花ふふむ（蕾）２２２６』、『花ふふむ（蕾）２２２７』の時でした。

更に『花ふふむ（蕾）Ⅱ』や『花ふふむ（蕾）Ⅵ』について『アートネット　アカデミーVol.５』でも赤い点や作画技法についての論評を頂きました。以下に一部を掲載します。

「……深層意識に眠る精神性と私達を結び付ける深遠な本能を探求する躍動的な筆遣いを通じ、魂と体の融合の瞬間を象徴している。これらの表現技法において最も興味深い要素は、瞑想的なアプローチにより一連の作品に共通して現れる円形の赤いフォルムや領域に作家の鋭い直観力が宿っている事である。更にこれらは観る者と、作品に存在する明確な形を持たない原始風景との間に強い絆が存在する事を暗示する。その象徴とも言える作品

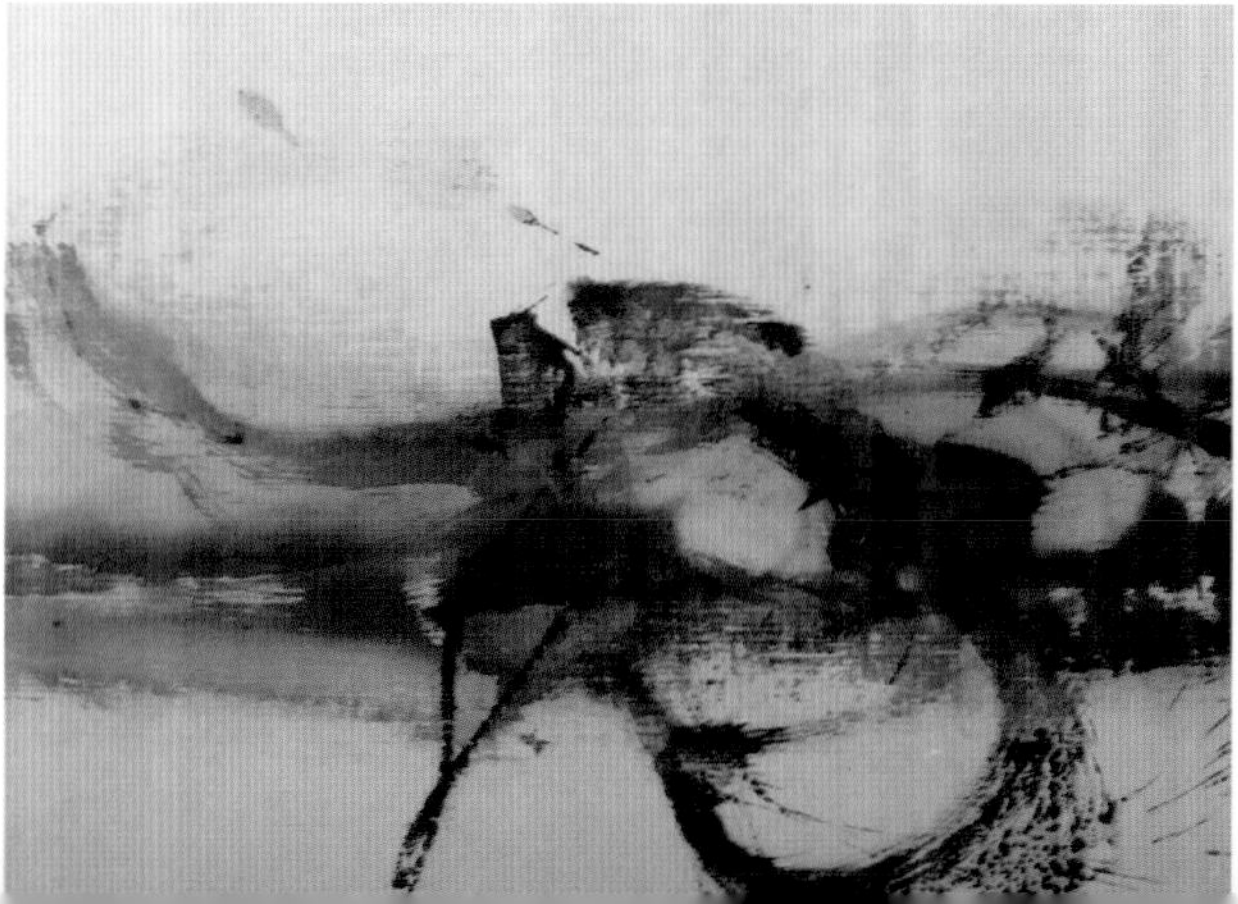

花ふふむ（蕾）Ⅵ　１９８４年作◀

『花ふふむ（蕾）Ⅱ』及び『花ふふむ（蕾）Ⅵ』。例えば後者の『花ふふむ（蕾）Ⅵ』において、小さな太陽や惑星を想起させる赤い円形のフォルムは躍動感に溢れた抽象的領域と対照的に配置されている。眩い小さな光を放つフォルムは言わば灯台の様なものである。温かな赤い光に包まれ安心感を抱いた私達はこれを視覚上の目印として作品の世界へ旅立ち、有意義な探求を終えて再び自己の世界へ戻るだろう。この非常に効果的な視覚要素は次の次元を遥かに超越した膨大なスケール感を作品に齎すと共に、観る者と作品の世界との接点或いは作品への理解を深める触媒として重要な役割を果たしている」。

『花ふふむ（蕾）Ⅰ』に寄せて――朝吹英和

花の蕾をモチーフとして作品に描かれた象徴的な赤い点について作者は「全ての命が素晴らしい花を咲かせて欲しい」との願いを籠めていると述べているが、地球上の全ての命の源は太陽であり、太陽と地球との位置関係から我が国は四季に恵まれ、万葉集の中でも四季の移ろいの中で人間の感情の綾を詠み込んだ歌が多く遺されている。そうしたルーツを和歌に持ちながら独立した文芸として誕生した俳句は、更に季節感を象徴する季語が中核的な存在となっている。

本作について勝間田氏が述べている通り命の証としての赤い点が「梵我一如」の宇宙を象徴す

る太陽として作品の要に置かれている。芸術作品誕生の根源に存在している人間の魂が如何なるものであるのか、魂と自然との関わり合い、そして様々な芸術相互のコラボレーションが新しい世界を創造して来た事実について検証し、考察する試みが本書のテーマである。

太陽に空洞のあり金盞花　磯貝碧蹄館
太陽は古くて立派鳥の恋　池田澄子
夕焼けは色鉛筆の匂ひせり　山本左門
銀河なる太陽系に端居せり　五島高資
夕焼けて石油の時代まだ續く　仲　寒蟬
太陽の金のたてがみ青嵐　吉原文香
麦秋燦燦太陽神を諾へり　朝吹英和

童謡として親しまれている『手のひらを太陽に』（作詞：やなせたかし、作曲：いずみたく）は地球上の生命の源泉に存在する太陽と生命に対する共生の讃歌として素晴らしい名曲である。

「ぼくらはみんな生きている　生きているから歌うんだ
ぼくらはみんな生きている　生きているからかなしいんだ
手のひらを太陽にすかしてみれば　まっかに流れるぼくの血潮

ミミズだってオケラだってアメンボだって
みんなみんな生きているんだ　友だちなんだ」

『花ふふむ（蕾）No.30』――宇宙的な瞑想

勝間田弘幸

この作品の作画過程は、願わくば無作為、無心……と可能な限り無意識に近い状態でキャンバスに向かい、一気呵成に筆を走らせ、グレーゾーンが欲しくなり水を含ませたタオルで擦ったりしました。蕾の赤い点は、やはり「全ての命に素晴らしい花を咲かせて欲しい」との願いを籠めて、絵の具を指に付けて描きました。その結果、上昇してゆくようなパワーを感じる事ができました。

２００２年にベルギーのコクセイド市庁舎で開催された「日本の美術展」の招待展に出品したところ、この作品が選ばれて、コクセイド市庁舎に収蔵されました。本作について「アートユニオンジャパン」創刊号（２００１年／北井企画刊）で紹介されましたので、記事を転載致します。

「ひとことに言うとしたら『気』がこめられた作品と言えるだろう。勝間田弘幸の抽象的な作品には、躍動的な『気』の動きが感じられる。墨の濃淡の跡から浮き出す、作者の意識と無意識の狭間にある『気』である。

勝間田弘幸は、キャンバスに向かって自分の内から出てくるものを捉え、手を動かし描く動作によって、自分の潜在意識に働きかけ、無意識の中の自分を客観的に視覚的に見える形で引き出していく。最初に描こうとするイメージが先行するのではなく、描きながら、現れてきたものに対してさらに働きかけていく。こうして、自己と真っ正面から向き合い、掘り下げ、とことん自己を追求していくのである。

勝間田弘幸の抽象的な表現は、観る者の心に向かってダイレクトに不思議な波動を送り、共鳴を引き起こす。それは、彼自身が自己を徹底的に追求した結果、人間に共通する宇宙的な生命の根元に達し、その作品が発す

花ふふむ（蕾）No.30　1998年作▼

る波動によって、人の意識の奥に眠っている太古から伝わる生命の核が掘り起こされるからかもしれない。

勝間田弘幸の作品で特に印象強いのは、墨の使い方だ。黒は一見単色のようだが、すべての色が含まれている豊かな色である。観る者の視覚の能動性を引き出し、イメージする力を喚起するのは黒ならではの力だ。そしてまた、西洋のキャンバスの麻布の質感と墨の黒の融合が、彼ならではの表現力を豊かにしている。

万葉の言葉で蕾を表す「花ふふむ」をタイトルとしたシリーズには、黒と白の画面に赤い点がひとつだけ描かれている。美しく花開く前の一点。生命を象徴する赤は、これから開花するエネルギーを秘め、希望の光のようでもある。『内なる風景』のシリーズになると、赤は線として現れ、命の息吹がイメージとしてつながりを持ち始めている。これからの創作でどのような展開を見せてくれるのかが、楽しみである。

観る者を宇宙的・生命的な瞑想に誘う勝間田弘幸の作品群は、精神性を探求する道標のようでもある。コンテンポラリー・アートにありがちな、単なる画面構成と色による実験を超えているからこそ、多くの人の心に共鳴し、『癒し』をも感じさせるのであろう」。

黒をイメージする俳句　　朝吹英和

無彩色の黒はそのインパクトの強さから、権威や神秘性の象徴であり、高級感を持つ反面、観る者にとってマイナスのイメージも内包している。特に墨絵、書道など白と黒の視覚的なコントラストの強さで表現力を増幅させる事は黒の力であり、前掲のコメントの通り「観る者の視覚の能動性を引き出し、イメージする力を喚起する」のであろう。
黒髪、黒犀、黒揚羽、闇、葬列、喪服、様々な黒をモチーフとした俳句にもそうした黒のエネルギーを感じる。

寒卵黒髪解きし頭のかたち　　中村草田男
黒犀の背の縫合や蜈蚣跳ぶ　　磯貝碧蹄館
雪山の闇夜をおもふ白か黒か　　正木ゆう子
暗きより出でて暗きへ黒揚羽　　長嶺千晶
漆黒に濡れて馬来る夏の闇　　山本左門
黒犀の喇叭の耳や野分来る　　朝吹英和

【赤をイメージする俳句】

古き世の火の色うごく野焼かな　　飯田蛇笏

紅きもの枯野に見えて拾はれず　山口誓子
まなうらは火の海となる日向ぼこ　阿部みどり女
くれなゐの色を見てゐる寒さかな　細見綾子
浅草の赤たつぷりとかき氷　有馬朗人
木枯しとまがふ真赤な包装紙　糸　大八
夕日いま血潮の暗さ一葉落つ　鍵和田秞子
蛇の衣遺体置場に赤い靴　松本龍子
ソクラテス・カント・ヘーゲル炭熾きる　朝吹英和

『花ふふむ（蕾）2108』／父――魂の叫び

勝間田弘幸

父が他界後に最初に現れた「象」です。無作為で引いた描線を見て、画面上部を墨で満たしたくなり、かなりたっぷりとキャンバスに置いたところ、墨と灰色の境界のところが滲む結果となり、象が現れましたが、その象が何であるかは当初解りませんでした。２年後の個展に展示して見ていると、合掌して仰向けに寝ている横顔の父の姿に見えてきたのです。この現象を単なる偶然と捉えるか、オカルト的に捉えるか、無意識や潜在意識から生まれたものなのか、人によって見解は違ってくると思いますが、村上和雄博士によると、魂は無意識の領域に存在しているのではという見解で、私もこの考えに共鳴している者の一人です。無作為、無心、願わくば無意識の状態で作画したものの中に、もし魂が宿ってくれたとしたら、こんなに嬉しいことはありません。

「《はじまりNo.3》は、母親の一周忌の後に『出てきた』亀裂の形に向かい合ううち、苦悩が左右に開かれていき、亀裂の闇から希望の光が差して来るような絵になった。《花ふふむ（蕾）》２１０８は、父の他界後に無意識に『出てきた』形であるという彼の追求する無意識の世界のシリーズのひとつである。

▲花ふふむ（蕾）2108　2000年作

このふたつは亡き父と母への無意識の魂の叫びにも見える。彼の作品は、見る者に己の心を覗き込んだかのような錯覚さえ起こさせる普遍的な力に満ちている」。

（「アートユニオンジャパンVol.３」より抜粋（北井企画刊））

『花ふふむ（蕾）２１２６・２１２７』――快活と鬱／両極の出現

勝間田弘幸

【絵画創作のプロセス】

まず右側のみのキャンバスの折れ曲がった縦の太線と左上がりに伸びてゆく太い横線を意識して引き、縦線の左横部分の象は無作為で描く。さらに左側に100号を繋げたらダイナミックな形になると感じ横線を延長、左下部の象も無作為で

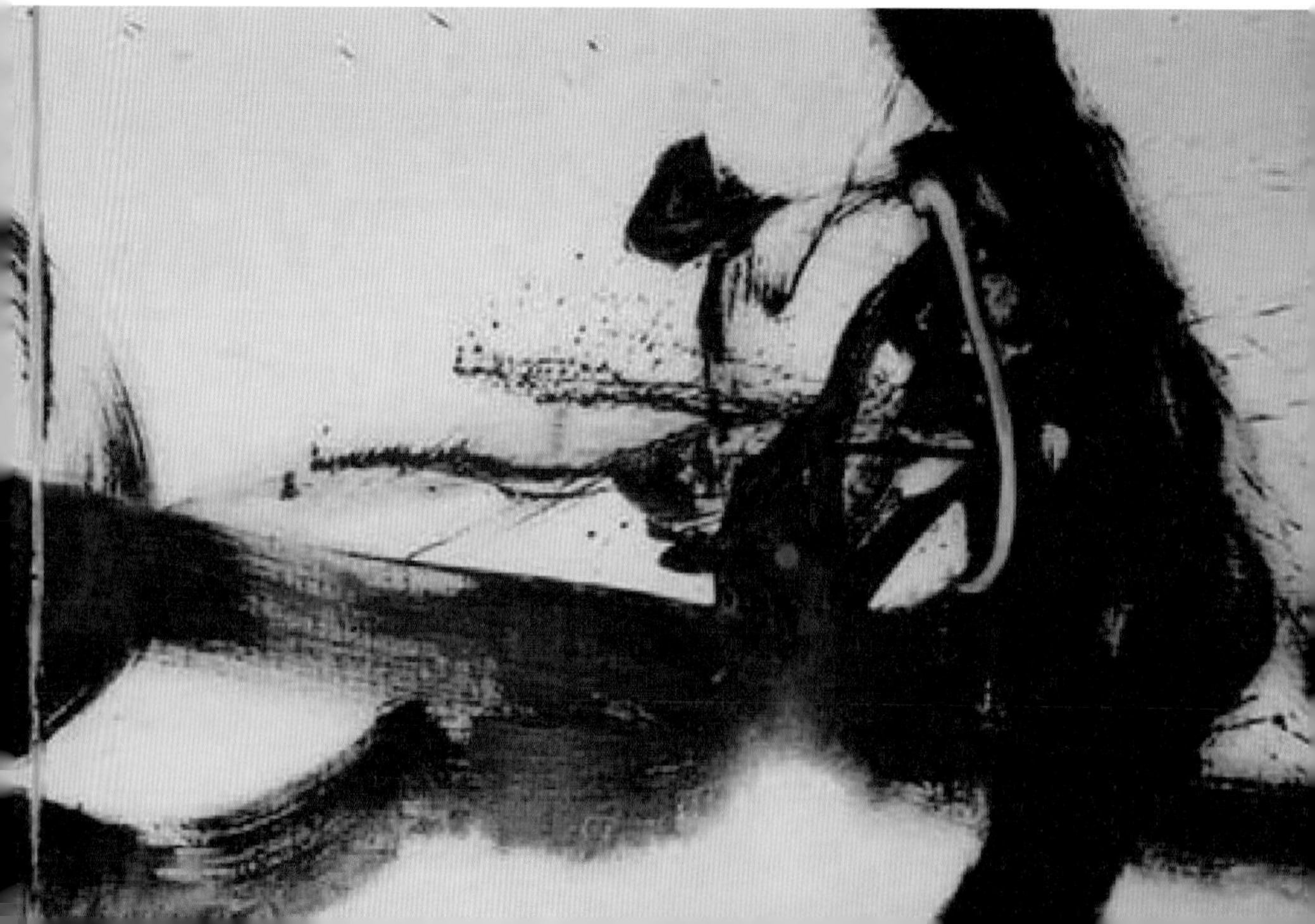

描く。中央左の大きな円は直線に対しての曲線という意味で全体を調和させるような意図で意識して引く。結果的には右側がアグレアブルで、左側がメランコリックな印象を感じ、描く前に意識しなくても両極のバランスは現れると実感した。

【勝間田弘幸ワールド、ふたたび。】（二葉亭餓鬼録こと田中幸光氏のブログより）

「このような絵は見たことがなかった。カンヴァスに墨で描いた抽象的な絵に、生命を感じた。《梵我一如》と書かれ、ゆりかごのなかでしか感じられない幸福なイメージがいっぱいだった。どの絵にも、その母なる揺籃のイメージが満ち溢れている。母胎、ゆりかご、というイメージが湧いた。そして、《母》というイメージと《海》というイメージが重なった。もともと漢字の『海』には『母』という字が鎮座しているのである。こうなると、作者の意図をはなれて、これを見るものの勝手な空想のなかで成就することは明らかで、それが勝間田弘幸さん

花ふふむ（蕾）2126・2127　2002年作▼

の絵なのだと思った。それらの絵に共通しているものがある。それらは、執着しない《梵我一如》というコンセプトで貫かれているのである。……ぼくは感動のあまり、勝間田弘幸さんに、思ったままをつづった手紙を書いた。コンセプトというのは、『生まれるまえの状態』を意味すると書き、もしかしたら、妊娠状態の姿を描いたのではないかと思ったからだった。生まれるまえの妊娠状態。Conception＝受胎、着想、概念。――まさにノエルの苔は200年ぶりに受精したように、時を選ばない。また選ぶ必要もないのである。この絵は、人間にあっては、現世とは限らないかもしれない。遠い過去世も含まれるだろう、そう思った」。

『花ふふむ（蕾）』はシリーズで展開していった作品群であるが、本作について「アートユニオンジャパンVol.2」（北井企画刊）では次のように紹介して頂いた。

「勝間田弘幸は、日本人の潜在意識を揺さぶる表現のできるアーティストである。近年の『花ふふむ』シリーズに登場する赤い点は蕾であり、万葉の言葉で『花ふふむ』という。西洋のキャンバス上に、墨と油彩を大胆に融合させ、国の内外で稀な表現力を誇る。『もし、文学、音楽、絵画などの表現の差異があっても、さらに時代を超えて、そこに不変なるものを暗示することができたら幸いである。これからも自己の内側から発信する唯一の周波数、直感、奇蹟、感動を信じてゆきたい』と作者は語る。彼は万葉の人々の心の豊かさに魅せられ、作品を通じそれを今に繋ぐ現代アーティストである。勝間田弘幸が『希望』だと語る『花ふふむ』（蕾）は、日本の『希望』と『期待』になり、世界でさらに活躍することとなるだろう」。

『内なる風景』シリーズ──点から線へ／線から面へ

勝間田弘幸

『花ふふむ（蕾）シリーズ』では蕾を紅一点として表現してきましたが、『内なる風景（赤い線）No.7』の墨象に向かい合った時、まるでハ短調のようなイメージが湧き、赤き命がこの悲劇のような風景の中に点として留まるのではなく、直線として矢のように突き抜けてゆくように感じられたのです。そこで赤い線を描き、画面下部にはホワイトをパレット・ナイフで塗りました。この作品から「赤い線のある風景シリーズ」も始まりました。

２０００年に国際アートフェア「リニアート」がベルギーの

内なる風景（赤い線）No.7　2000年作▼

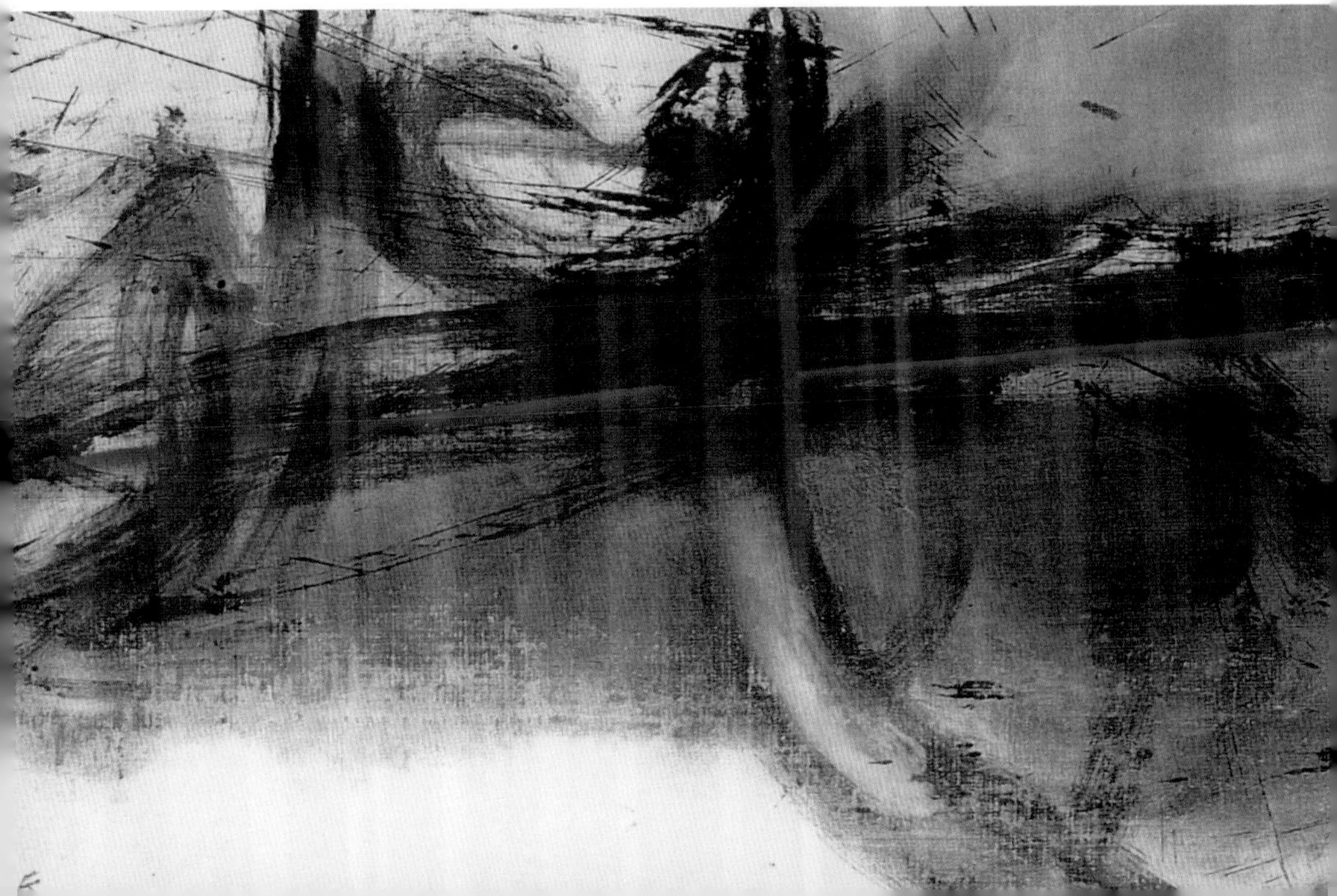

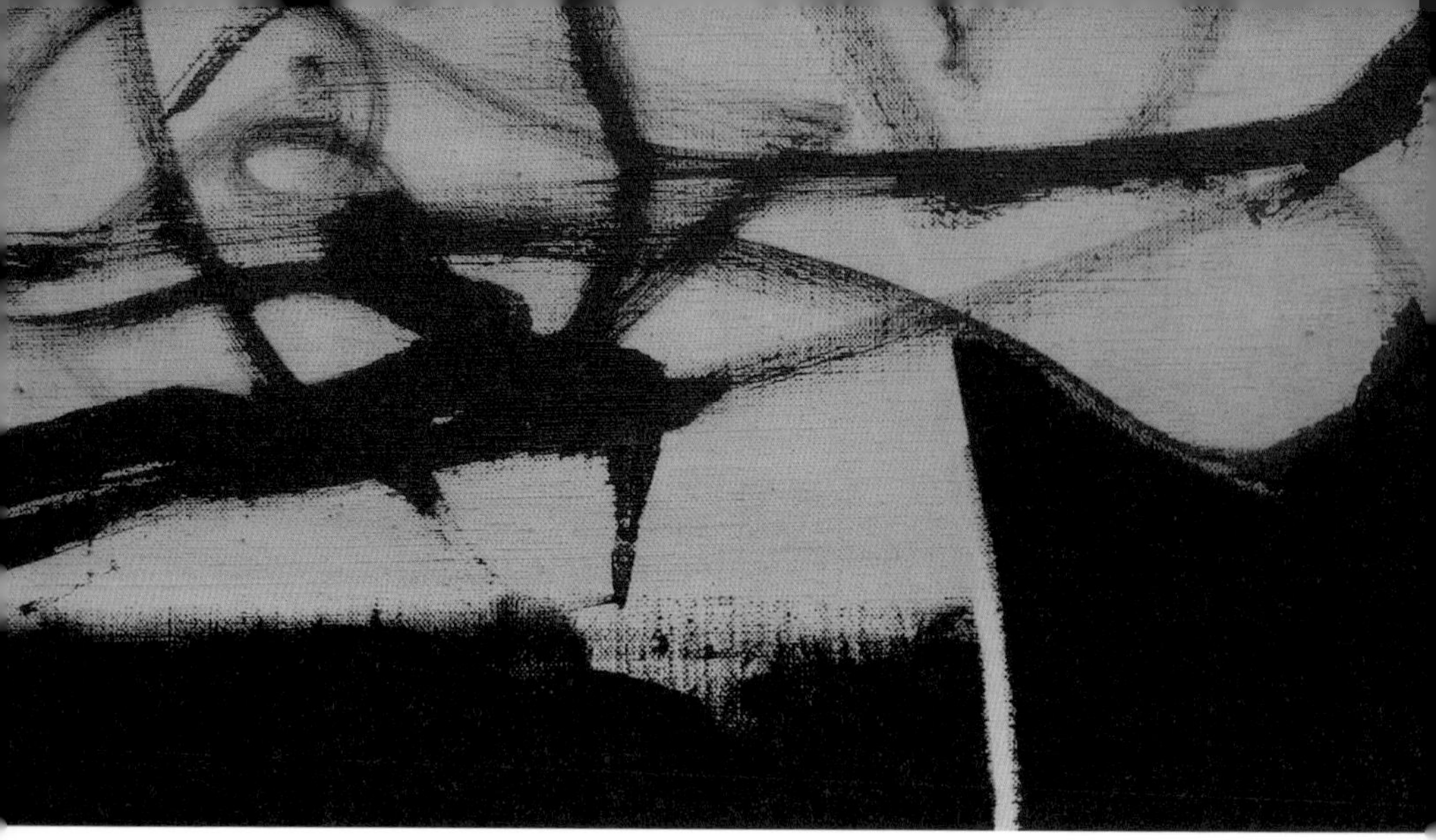

▲内なる風景No.1　2001年作

ゲントで開催され、この『内なる風景（赤い線）No.7』を出品したところ、ベルギーのギャラリー『アドリアン・ディビッド』からオファーがあり、翌年『花ふふむ（蕾）』シリーズがコレクションされ、取り扱い作家にして頂きました。次の年には同ギャラリーのブースでコレクションした作品がアンディ・ウォーホルの隣りに展示され有り難かったです。彼は15歳からプロのギャラリストとして認められたという経歴があり、画歴は関係なく作品力があれば認めてくれるということを知り、日本との違いにカルチャーショックを受けました。

　点から線へと発展した『内なる風景』シリーズは自己の内側を掘ってゆ

くことが大事なりと感じ始めた頃の作品であり、『内なる風景No.1』から「線から面へのシリーズ」が始まり、作品のサイズは30号や、100号×6や、150号×3の『内なる風景No.6－1、No.6、No.6－2』まで大きくなっていきました。大きな作品では「自己の内側を掘ってゆくと虹が出る」という発想を起点に制作し、作品下部にDNAを暗示した線を青色で引き、その線が垂直に引かれた白色の溝のところで虹色になり、やがて赤色になって右側へ移ってゆくものができあがりました。

内なる風景No.6－1、No.6、No.6－2　2002年作▼

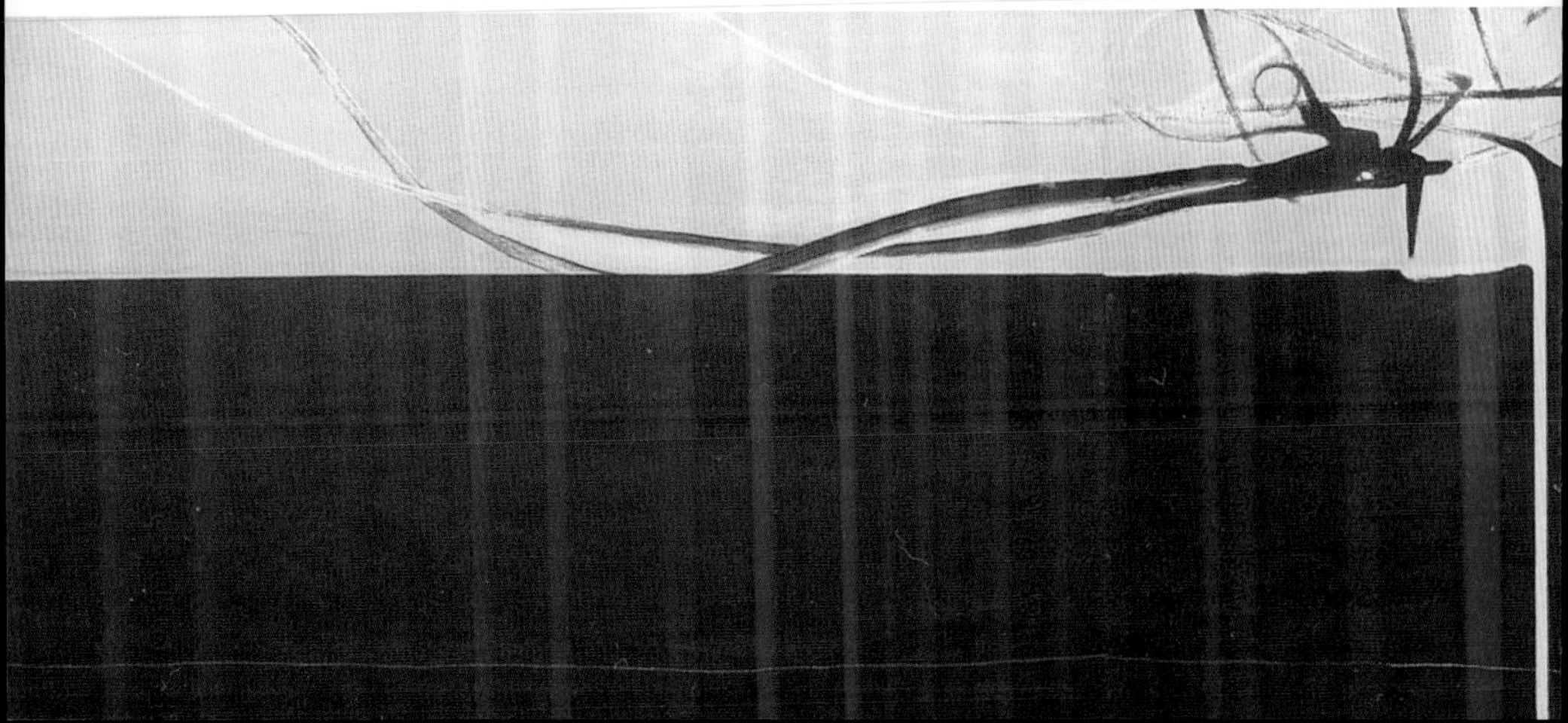

第Ⅲ章　意識と無意識

『月下美人Ⅰ』――意識と無意識／眼に見えないもの

朝吹英和

梅雨の最中の事、お住まいのマンションの、ロビーに置かれた月下美人の開花に立ち会って作られた、海野弘子さんの俳句と文章をご紹介したい。

月下美人の開くへわれも息合はす　海野弘子
渾身の一夜の月下美人かな
暁闇や容おとろふ女王花

「強い芳香とともに下垂していた花柄は上向きとなりあまりの自己陶酔に震えつつ花弁を離してゆく。一瞬の生命の叫びとも思えるその様は植物というよりもまさに羽化する蝶に似て動物的である」。（海野弘子）

サボテン科の月下美人の原産地メキシコの熱帯雨林地帯では、花粉を摂食するコウモリによって受粉が行われるため、下垂していた花が開花直前には上向きになって強い芳香を放ちコウモリを誘引すると聞く。昆虫や動物が仲介する生命誕生の神秘。

新しい生命を授けた母としての海野さんの体験から実感を伴って選択された「渾身の」の表現には生命誕生の厳粛行為が凝縮されている。

真白な大輪の花を咲かせる月下美人も明け方には萎んでしまう。真夜中に花開く女王花（月下美人の別名）の措辞からモーツァルトのオペラ『魔笛』に登場する夜の女王が想起された。掲句からは儚い生命への共感や自然界の不思議な現象に触れた時の感動が伝わって来る。

妖と開き煌と香りぬ月下美人　　楠本憲吉
フォーレ聴く月下美人と二人して　　大石悦子
月下美人ひとの気配にひらきけり　　黛　まどか
月下美人妖しき息を吐きそめし　　三嶋隆英

海野弘子さんが感じられた「植物というよりもまさに羽化する蝶に似て動物的である」との指摘の通り私が勝間田氏の『月下美人Ⅰ』に出逢った時の第一印象は「花」のイメージよりは眼を閉じた猫の貌のようにも又狐の貌のようにも見えた。そして作品を凝視している内にそのイメージは正しく白い狐の貌として私の脳裏に鮮明にその姿を現した。勝間田氏は後掲の通り、ご自身で作画の過程で女性の横顔を発見され、姪御さんには別の場所に女性の顔が見えると指摘されたという。意識の奥底に内在するものが形となって出現する不思議。

我が国で狐と言えば稲荷神社の神の使いとしての霊獣が想起されるが、イソップ物語を始めとして童話

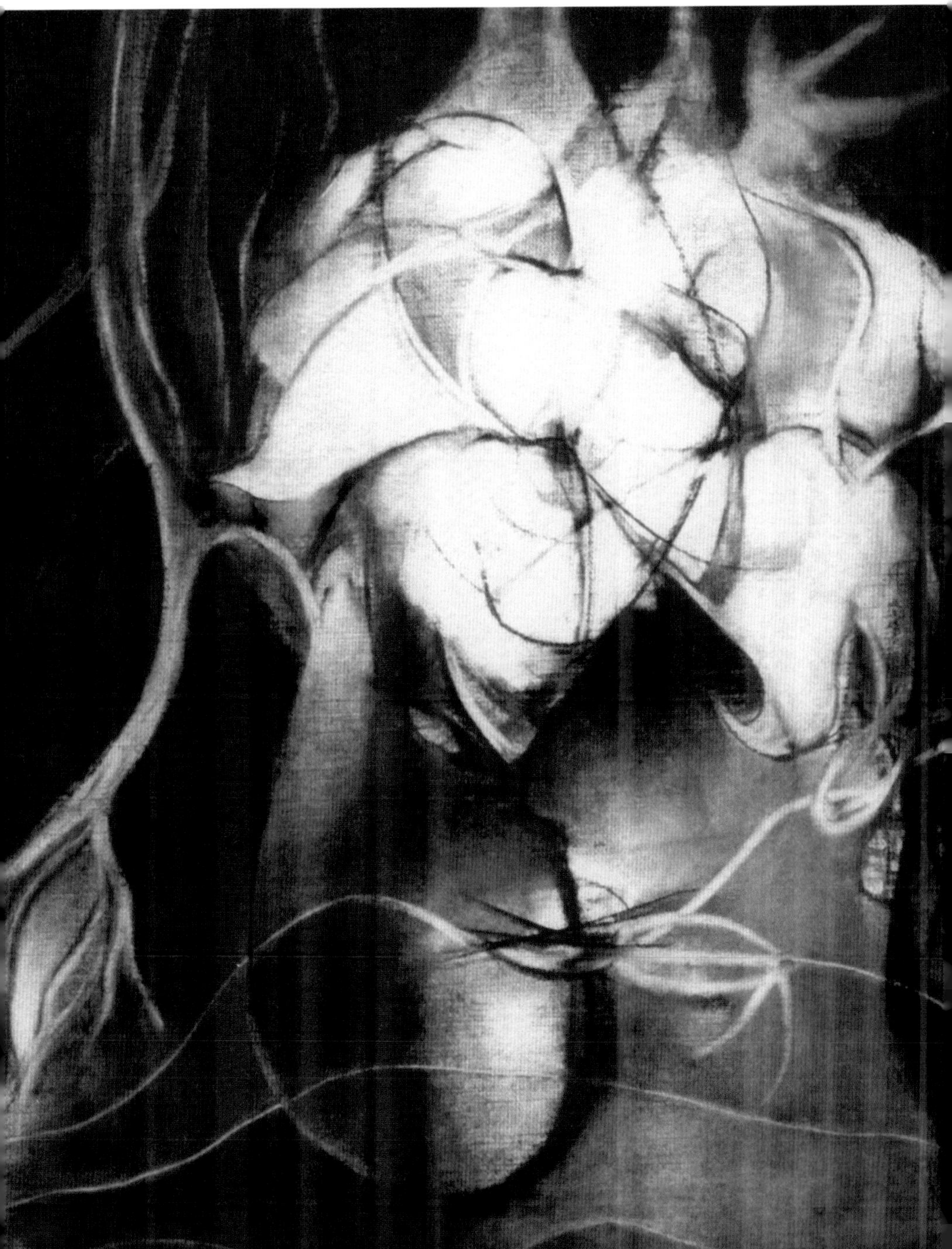

▲月下美人Ⅰ　１９９０年頃作

や民話に登場する狐のキャラクターには狡猾なイメージがある。その反面、宮澤賢治の『雪渡り』では雪野原で遊んでいた幼い兄妹が森の中で出逢った子狐の誘いで狐の学校での幻燈会に出掛けるというシュールな物語の主役として登場したり、サン＝テグジュペリの『星の王子さま』に登場する狐は王子様に向かって啓示的な言葉を残している。「心で見なくては物事は良く見えないってことさ。大切な事は目に見えないんだよ」。

子狐のかくれ顔なる野菊哉　与謝蕪村
すつくと狐すつくと狐日に並ぶ　中村草田男
霧月夜狐があそぶ光のみ　橋本多佳子
陶質の狐の耳や日の折れぬ　磯貝碧蹄館
狐狸の夜の袋を廻す遊びかな　海野弘子
狐来て絵本の窓を開けてゆく　木村かつみ
血の池を跳び越す白き狐かな　朝吹英和

海野さんが月下美人の開花に感じられた「動物的なるもの」を勝間田氏も感知されたのであろうか。ロールシャッハ・テストではないが、深層心理下に蓄積されたイメージが無意識の内に別のものの姿になって表出したものかも知れない。儚い生命への共感や自然界の不思議な現象に触れた時の感動が伝わって来る。

両極を超越するもの――『月下美人Ⅰ』について

勝間田弘幸

知り合いの内科の先生から「月下美人が咲き始めたので、今夜見に来ないか」というお誘いがありました。お伺いすると、部屋一杯に崇高で気品のある香りが漂っていて徐々に開花してゆくところでした。初めて本物に出逢った私は感動し、その妖艶で麗しい姿を褒め讃えたところ「今晩は月下美人と二人きりにしてあげるから泊まってゆけ」と言ってくださり、お言葉に甘えて泊まらせてもらうことになりました。先生はベッドの背を高くして月下美人にスポット・ライトを当ててくれました。

作品はこの一夜の想い出をイメージして描いたのです。作画の終りの方で大輪の花びらの下方（画面中央部／下部の波型の3本線の上）に女性らしき唇が白く見え、その上の黒い部分に鼻もある左を向いた女性の横顔を発見しました。そして更に後日、姪が「おじちゃん、ここに顔があるよ」と指さした部分に瞑想している人の正面向きの顔が浮かびました。朝吹氏はその部分に白い狐の貌を感じられた訳です。そこで、狐の貌を意識して見ると成程鼻が強調されているように感じられ、更に鼻の左右の線が髭に見えてきて目も細く正に狐に見えてきたのです。

朝吹氏の「血の池を跳び越す白き狐かな」という謎を湛えたこの世を跳び越すような摩訶不思議な句に出逢った時、モノクロのこの絵に温かな血が通い出すように感じられてきて、とても驚きました。この絵の新たな世界に出逢うことが出来た気持ちです。そして、後から気が付いたのですが、画面下方を横切るように流れる三本の白い線が、まるで横たわる女性ヌードのような象（丁度、左側下方に垂れ下がっている蕾の右手側がヒップに当たる後向きの姿）に見えてきました。更にこのヒップに重なるように画面中程からナスのような、涙の一雫のような、見方によっては子宮のような象が見えてきて、この現場にも命が重層しているように感じたのです。この三本の白い線を赤色に染めてみたくなり着色したところ、ほんとうに文字通り血の通った絵に生まれ変わったのです。

そうこうしている内に今度はもうひとつの世界が立ち現れてきたのです。その風景はこの赤い三本川の線が三途の川にも見えてきたのです。女体を渡り切り、先ほどの一雫を伝って昇り切り、天界の大輪の花芯の中へと誘われ、そこに永住できる魂はなんと素敵なことかと……。茎と一緒に持ち上がってくるような蕾がやがて一夜しか開花しない大輪の花芯へと変化します。それは正に花を超えての両性具有というか一輪二役の植物とも動物とも分け難い、この世の両極を超越してしまったかのような振る舞いであり、その感無量の存在にただただ恋焦がれてしまう今日この頃です。

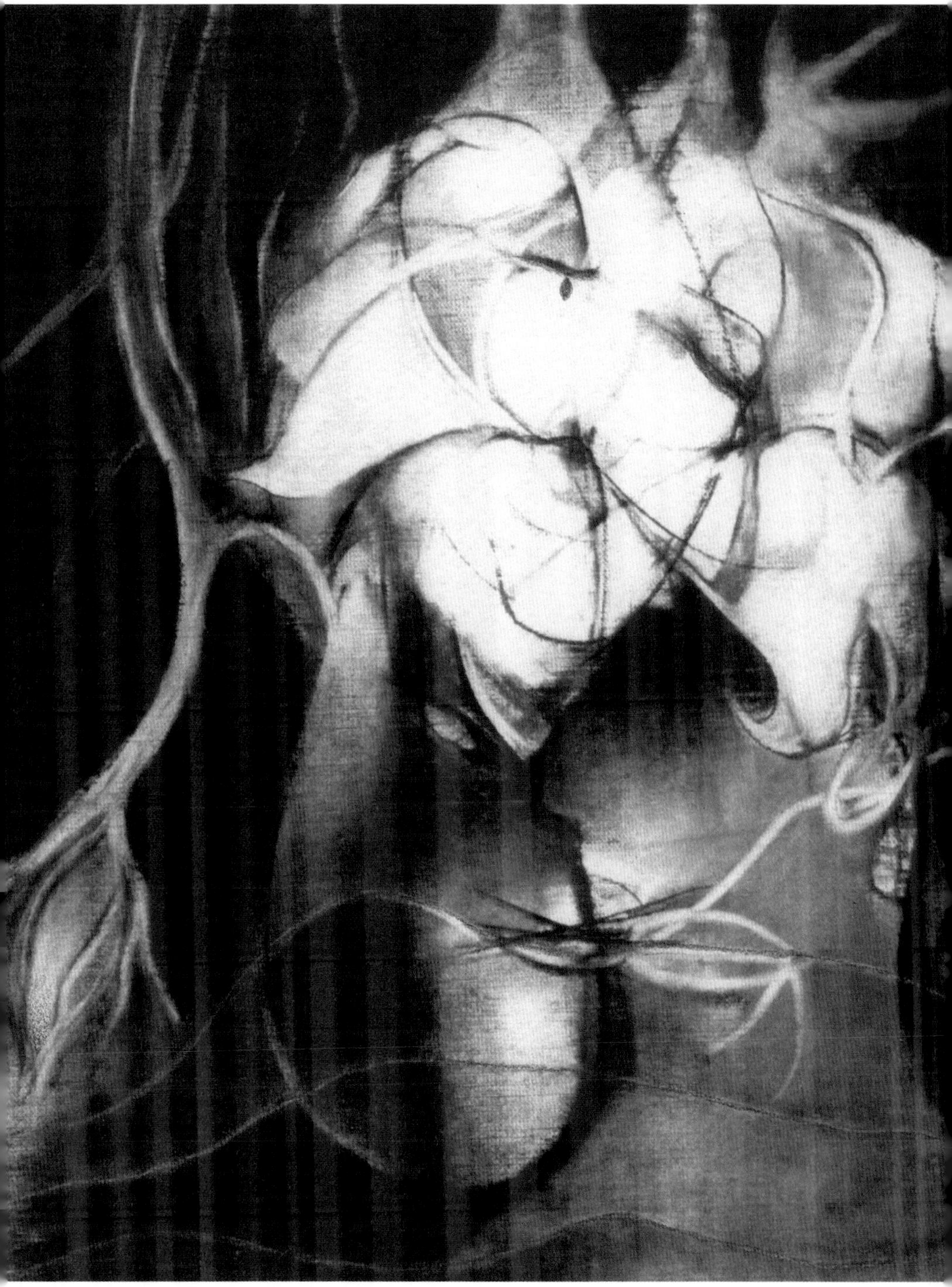

▲月下美人Ｉ－２　２０２２年作

抒情風景画家レヴィターン――眼に見えないもの

勝間田弘幸

高校生の時、国立西洋美術館でロシアのトレチャコフ美術館所蔵のイサーク・レヴィターン（1860～1900）の『たそがれ　干草の山』を見て感動したのを覚えています。いつの間にか絵に描かれた風景の中に自分が居るような気持ちになりました。ラベンダーのような紫色の、距離感を見失う独特のたそがれ時が徐々に忍び寄って、やがて全てを包み込んでしまう――夜の帳がせまってくるような気配の、何とも形容し難い美しさに見惚れていたのです。この感動の記憶は今なお鮮明に心に焼き付いていて離れることがなく、事あるごとに甦って来るのです。丁度、一目惚れした女性のことが、好きだったその時のまま心に焼き付いて離れずに、恐らく一生忘れられないであろう事と似ていると思います。

この現象のことを「運命の奇蹟」と云うのではないかと密かに思っております。

絵の隣にレヴィターンの言葉も展示されていたので、ご紹介致します。

「万物に満ち溢れていながら誰の目にも見えない神のように素晴らしいあるものを、今迄にこれほど強く感じたことがなかった。それは理性と分析で捉えることが出来ず、ただ愛のみによって把握出来るものなのだ。この感情がなくては真の芸術家もあり得ないと思う」。

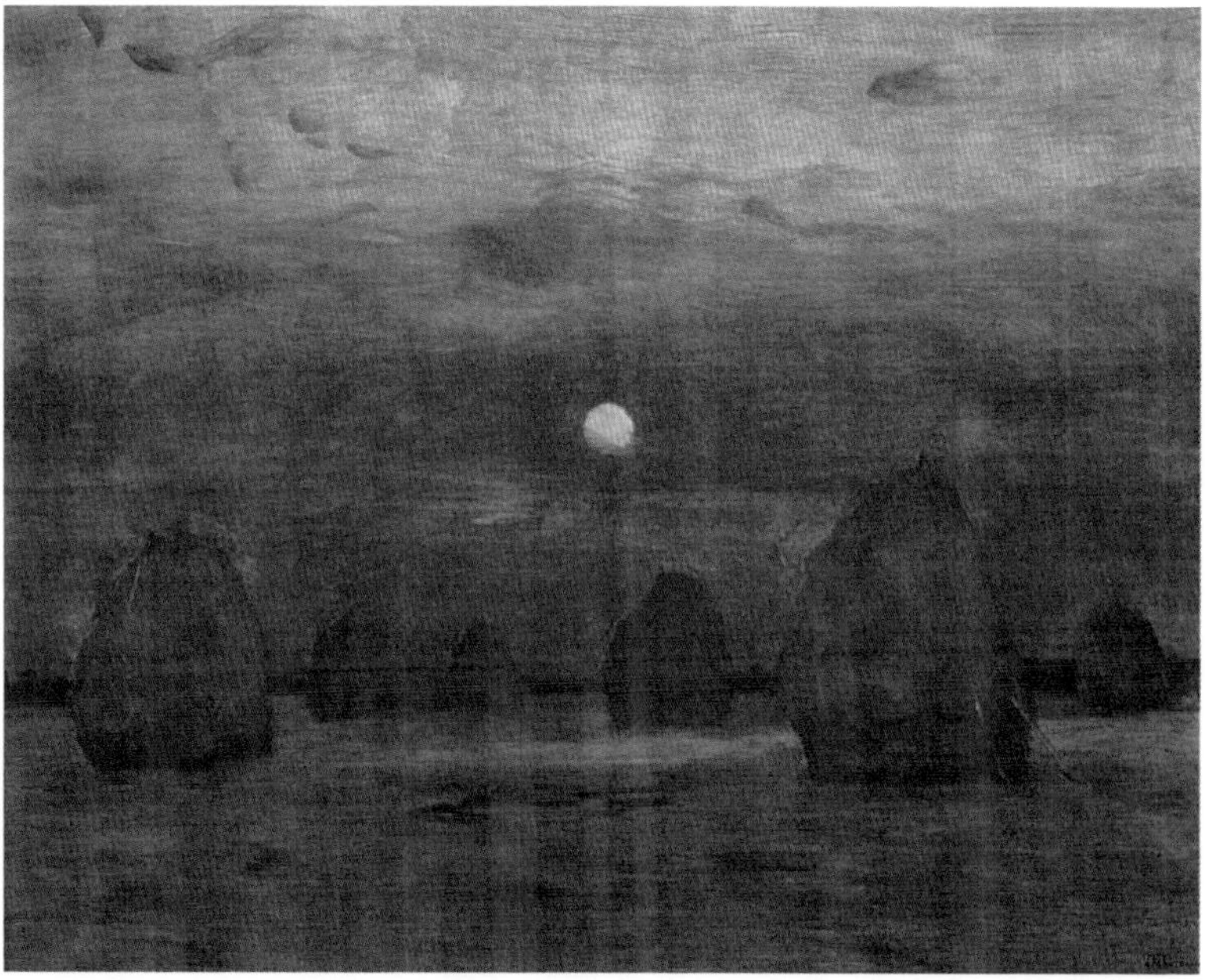

▶たそがれ　干草の山　1899年作

その後入手した画集に掲載されていたこの絵をコピーして部屋の壁に飾り毎日のように見ていました。かなり後になって本物が日本で展示されていることを知り、鑑賞したのですが、この時に初めて見えたものがありました。それは右手前にある積藁と手前から3番目にある積藁の間の右手から一見、光が差し込んでいるかのような温もりのある肌色の帯のような「象」でした。その色は何とも名状し難い愛らしい色で、夕陽の上の夕映えの空の色と一緒なのです。これは一体どういうことか？　また、大小7つの積藁と地平線上の遠景のちょこんちょこんとある形の起伏、何という絶妙なリズム感とハーモニーであろうか。このバランス感覚も一体どこから来るのか。積藁の上にちょこんと突き出た形の差し示す先には夕陽であったり、雲の柔らかな形であったり。紫がかったブルーグレイの空から上へと、魅惑のグラデーションを介して心温まるような高揚した肌色が棚引き、ゆっくりと変容してゆくような雲たちの囁き……これは天と地がひとつに結ばれてお互いに相手の事を思いやり、相手の身になって物事を進めてゆこうとする太陽を中心に据えた、精神の尊い世界、正に慈愛にみちた世界を表現しているように感じました。

先程私が疑問に思った、右手から光が差し込んでいるかのような帯形の正体ですが、これは地上に生を享けた生きとし生けるものたちの、内なる光の投影ではないでしょうか。夕陽と対話しているような命たち、正に「梵我一如」の世界が創造されているかのようです。この絵に人間は登場していませんが、何故か人の温もりというか気配が感じられるのです。右手前の積藁にはフォークのようなものが二本立てかけてあります。これを使っていた二人は一仕事終え、家路の途上なのか、もう家に着いたのか。それともひょっとしたら積藁の裏手で、二人佇んで夕陽に向かってお祈りを捧げているのかもしれない。そして二人の対話を音楽に譬えて云うとモーツァルトの『ヴァイオリンとヴィオラのための協奏交響曲』変ホ長調K・364第２楽章アンダンテが相応しいように思います。偶々本稿を書き始めた前夜のコンサートでこの曲を聴いて感激の余韻、嫋々(じょうじょう)の覚めやらぬ中におりました。翌朝、目覚めるとレヴィターンもモーツァルトも是非この事を書くべしと絶好のタイミングで太鼓判を捺してくれたように感じたのでした。まるで、この絵にはこの曲が相応しいのでは、と教えてくれたように！　何故なら、たとえこの絵に「象」として描かれていない二人であっても、きっとお互いに相手のことを思いやり、相手の身になって物事を考えてゆくであろう。その事こそがとても大切なのでは……と。優しさと愛に満ちたモーツァルトからのメッセー

▶夕べの鐘　1892年作

ジがこのアンダンテに託され、レヴィターンの絵と共鳴しているように感じられ、これもひとつのコラボレーションかなと思いました。

因みに日本でも千利休没後に作られた茶道精神を表す「和敬静寂」という言葉があります。「和敬」はお互いに心を合わせて敬うという茶事における主客相互の心得であり、「静寂」は茶庭・茶室・茶道具などを清く静かに整える事と聞きます。そこから、「考えの違う人が一緒に生きるためには、お互い尊敬し合う事が大切であり、そうした心は清らかで静かな心境でなくてはならない」という意味になりました。

更に遡れば聖徳太子が制定した「十七条憲法」には「和を以て貴しとなす」とあり、こちらも不完全な存在である人間はお互いの意見に耳を傾け合うことが大切だと説いています。

１９７６年にロシアで『レヴィターン：生涯と作品』という570ページに及ぶ大画集が刊行されました。この本はイントロダクションは別冊になっていて、英語・フランス語・ロシア語で書かれていますが、お付き合いのありました南部博様に翻訳をお願いしたところ、英語訳にてＢ４判レポート用紙にビッシリと19枚分を無償で翻訳してくださいました。大変驚き、感激したことを懐かしく思い出します。（南部様のお兄様は南部忠平様でロサンゼルスのオリンピック（１９３２年）では走り幅跳びが銅メダル、三段跳びが世界新記録で見事金メダルに輝きました。「兄貴は寝る時にシューズを枕元に置いていた」と当時の思い出をお話し下さいました。）

レヴィターンは、チェーホフ（１８６０〜１９０４）、ラフマニノフ（１８７３〜１９４３）、ゴーリキー（１８６８〜１９３６）など同時代を生きた多くの芸術家との交流がありました。チェーホフの『かもめ』に作家志望として登場する主人公トレープレフはレヴィターンがモデルになっています。又、ラフマニノフもレヴィターンの絵画からインスピレーションを得ていて、『ピアノ・コンチェルト№２』ハ短調のロシア版レコード・ジャケットにはレヴィターンの『夕べの鐘』が掲載されています。南部様がお持ちだったこのレコードはロシア文学者から帰国土産に頂いたというお話でしたが、「あなたが持っていた方が良いでしょう」と仰ってプレゼントして頂き、これ又ビックリ仰天、感激でした。

斑鳩の朧月——法隆寺に刻印された聖徳太子

勝間田弘幸

1990年、用事で大阪に行った帰りに法隆寺に寄ったところ、五重塔周囲の石垣に現れていた「象」に魅せられて写真を撮りました。帰ってプリントした写真を天地逆さにして見たら何と朧月と左側に冠を被った人型が見えました。目も口も足も……その時直観的に「これはひょっとして聖徳太子なのではないか」との思いが閃きました。更に左側に見える三角形が奥方様の振袖の一部に見えて来ました。これは描いたものではないとしても、単なる石の模様で済ませる訳にもゆかず、取り敢えずこの「象」が生み出す雰囲気から「斑鳩の幻うつすおぼろ月王子の妻の振袖見ゆる」という短歌を作り、この画像に白抜きで嵌め込んで貰えないかと、パソコン操作のベテランである友人にお願いしました。そうしてインク

斑鳩の朧月（法隆寺・写真の天地をひっくりかえしたもの）　1998年頃▼

斑鳩の幻うつす　おぼろ月
王子の妻の　振袖見ゆる

◀法隆寺五重塔の石垣に見た象（勝間田撮影）

ジェットプリント写真と短歌のコラボレーション作品が出来上がりました。

その後、絵の仲間とギャラリーのオーナーに展覧会でこの作品のコピーを見せたところ、オーナーが彼の友人である占い師を呼んで鑑定してくれました。占い師の見解によれば、聖徳太子、更には卑弥呼にも見えるという事でしたが、「いずれにしてもこの石から抜け出して公の場に出ることを聖徳太子も望んでいたと思われますので、このように作品化された事をきっと喜ばれていると思います。機会ある毎に出来るだけ多く展覧会などで展示してあげたら良いと思います」とのコメントを頂きました。今回、本書に掲載する事が出来て幸いです。

第Ⅳ章　両極の往還と超越

「鐘」についての考察——ショスタコーヴィチから武満まで

勝間田弘幸

ショスタコーヴィチの『交響曲第11番』ト短調（1957年）を聴いて思ったのは、世界中のありとあらゆる鐘を一斉に打ち鳴らす時が迫って来たのではないかという漠然とした危機感でした。ひょっとしてショスタコーヴィチも雷鳴轟く警鐘を世界中に打ち鳴らすべき時が来たのだという想いで、この曲を作曲したのかもしれません。CDの曲目解説には第一次ロシア革命の50周年を記念する作品として構想されたとあり、最も重要な二つの主題は、無伴奏混声合唱曲『革命詩人による10の詩曲』第6番「1月9日」から取られているとあります。左記は、各々の楽章のコンセプトです。

第1楽章「宮殿前広場」1905年前夜の暗い空気
第2楽章「1月9日」作品の核
第3楽章「永遠の記憶」犠牲者たちへのレクイエム
第4楽章「警鐘」革命に向けて再び立ち上がる人々の姿

この曲から受けた雷鳴のような衝撃波から「鐘」のことが気になり始めました。2021年末に朝吹氏から本書の構想をお聞きしたすぐ後に、ロシアのウクライナ侵略戦争が勃発しました。本稿を執筆中の2022年4月には第2次世界大戦以来最悪の惨状というとんでもないニュースが飛び込んできて、あってはならないことが続いています。

鐘について思い出されるのは、幼い頃は子供心に消防車のサイレンと早鐘が恐ろしかった事です。また、少し時代を遡ると火の見櫓には半鐘があり、朝吹氏の『時空のクオリア』の「音楽と俳句、逍遥の小径㈤」には、川端康成の『雪国』の描写より「雪国の夜空に鳴り響く『擦(つき)半鐘』、繭倉の火事現場に急ぐ駒子と島村」との掲載があります。

一方、歌謡曲の『長崎の鐘』は、古関裕而（1909〜1989）が原爆が落とされたあともなお浦上天主堂に残った鐘に感動し、長崎からの帰りの電車の中で作曲したと聞きました。童謡『とんがり帽子』も古関氏の作曲で、作詞はドラマ『鐘の鳴る丘』の作者でもある菊田一夫氏。その歌詞の中でも「……とんがり帽子の時計台　鐘が鳴りますキンコンカン　メイメイ仔山羊も鳴いてます……」と子供の合唱団が歌っていました。いずれにしても、鐘の音を「キン・コン・カン」というオノマトペで表現された両者の閃きには圧倒されます。

「NHKのど自慢」で使用されているチューブラー・ベルは、ムソルグスキー作曲／ラヴェル編曲の『展覧会の絵』（原曲1874年／ラヴェル編曲1922年）の終曲『キエフの大門』のクライマックスの圧巻の鐘の音にも採用されています。

梵鐘には黄鐘(おうしき)調という音色を出すものがあり、画家の井上三綱（1899〜1981）は『黄鐘調』という自作について「母親が歌う子守唄の音程を黄鐘調と云い、元々東洋の雅楽の音程の名である」と語っています。

マーラーの『交響曲第6番』イ短調に楽器として登場する牛の首に吊るされたカウベル、クリスマスのジングルベル、聖歌隊などでお馴染みのハンドベル等、様々な鐘が音楽や映画のタイトルになったりと様々な場面で人間と密接に関わっています。生活に入り込むことで鐘は人間の感情もあらわすようになりました。例えば、心がドキドキと早鐘を打つようにときめく時は、心の早鐘（心鐘）などと呼んでも良いと思います。命の絆のひとつなのだと思います。

毎朝、仏様にお線香を上げる時に、チーンという澄んだ音色を奏でる仏具も鐘だと思い、友人に尋ねたら「おりん」という名だと教えてくれました。

そこでピーンときたのが映画『はなれ瞽女おりん』（1977年）でした。原作は水上勉で、篠田正浩監督、岩下志麻がおりん役で音楽は武満徹でした。「瞽女」とは江戸時代から昭和の初め頃まで活動していた、旅をしながら三味線・琴などを弾き、門付けで生活する盲目の女性芸能者のことです。

私は、主役の「おりん」というのはひょっとしたら祈りの道具である「おりん」を意味する名前なのではないかと考えはじめました。おりんのように貧家に生まれ、口減らしのため親元を離れて瞽女として生きてゆくために、厳しくも辛い修行を余儀なくされた人々に「どうか幸せでありますように」という祈りを込めて、「おりん」という名を託したのではなかったのか……と思われてならないのです。映画の中の夜のシーンだったと思いますが、一面に植えられた青田が女性の黒髪の如く見え、そこに強風が吹きつけていました。波打つ青田は、まるで海の荒波が脈打つよう、または燃え盛る焔のようで、おりんの心情が投影されているかのように感じられました。それは印象深く、今も私の心に刻まれております。

キエフの大門

朝吹英和

ムソルグスキーは親友の画家ヴィクトル・ガルトマン（１８３４〜１８７３）が39歳の若さで急逝した翌年に開催された「遺作展」を観て強烈な印象を受け、10点の絵画をモチーフとしたピアノ組曲『展覧会の絵』を作曲した。ガルトマンは無名に近い存在であったため、10点の絵画の内半数の５点の作品は散逸してしまい、どのような絵であったのか確認する術がなくなってしまった。

幸いにも終曲のタイトルとなった「キエフの大門」の原画は保存されている。11世紀に建立された『黄金の門』はその後破壊され荒廃していたが、ガルトマンは１８６９年キエフ市が門の再建のため開催したデザイン・コンペに応募して好評を博したものの何故か再建には至らず、100年以上が経過した１９８２年にようやく復元された。作曲家の團伊玖磨（１９２４〜２００１）は、「キエフの大門」について「この最後の曲は、ムソルグスキーがガルトマンを悼み、その才を惜しみ、友情を傾けて建造して上げた『音の中の大門』であると思う。現実の門は建たなかった。だが、ムソルグスキーの友情、温かさによって門は永久に滅びぬ『音楽』の中に立派に『才能』の凱歌として建ち上がったのである。壮大な夢の大門の中に、親友を悼み、その魂を鎮（しず）め、送る古い賛美歌が聞こえるのはそのためである。この門が、親友の魂を天国に送る門であったか、パルナソスの頂点に続く芸術の出発の門であったか、おそらく、ムソルグスキーの胸には、その双方が去来していた事であろうと思う」と自著で述べている。（團伊玖磨・NHK取材班近藤史人『追跡ムソルグスキー「展覧会の絵」』／日本放送出版協会刊）

ムソルグスキーの友情は絵画と音楽のコラボレーションとして『展覧会の絵』に結実した。友情の証ともいうべき「キエフ」（キーウ）の地がラヴェルの編曲版完成から100年後の現在に至ってロシア軍のウクライナ侵攻の標的になってしまったとは遺る瀬無い思いである。

【鐘をモチーフとした俳句】

花の雲鐘は上野か浅草か　松尾芭蕉
山寺や雪の底なる鐘の声　小林一茶
鐘ひとつ売れぬ日はなし江戸の春　宝井其角
柿くへば鐘が鳴るなり法隆寺　正岡子規
水甕に水も充てけり除夜の鐘　中村草田男
入相の鐘のあとなる良夜かな　阿波野青畝
夜の網あげて空しく鐘氷る　高田蝶衣
撞くごとに違ふ鐘の音山眠る　鍵和田秞子
鐘を打つショスタコーヴィチ雪起し　朝吹英和

幻の指揮者セルジュ・チェリビダッケ――瞑想のブルックナー

勝間田弘幸

指揮者のセルジュ・チェリビダッケ（1912～1996）は、1977年に単身で読売日本交響楽団（読響（よみきょう））を振りに来日して以来、ロンドン交響楽団やミュンヘン・フィルハーモニー管弦楽団を率いて、日本でも数々の名演奏を繰り広げてきました。私が彼の指揮する生演奏を聴くことができたキッカケは、モーツァルト好きでオーディオ・マニアの友人の「今度チェリビダッケが読響を振りに来る」という一言。チェリビダッケの演奏は6ミリテープを介して聴かせて貰っているうちに、その演奏スタイルに何時の間にかファンになっていたようで、その話を聞いて是非聴いてみたいと思いました。

早速、読響の臨時会員になり、さらに幸運にもリハーサル参加券まで抽選でゲットすることが出来ました。会社を休んで行った神奈川県民ホールでのリハーサル見学は日常から解放されたような清々しい快感でした。プログラムは午前中がベルクの『ヴァイオリン・コンチェルト』で、午後はブラームスの『シンフォニーNo.4』ホ短調でした。青いセーターを着たチェリビダッケは、リハーサル開始前にホールの座席の前後左右中央全てに立ち、自ら手を打って残響の具合をチェック。恐らくその結果を踏まえてテンポなどを微妙にチューニングしてゆくのだろうと思いました。

初めて聴いたベルクの曲は朧気で蜃気楼のような音の揺らぎと振動の印象で曖昧な記憶だったのですが、

午後のリハーサル前に、県民ホールの前に隣接した山下公園で見た、海の蜃気楼のような距離感の摑めない感覚に似て、快感を覚えました。

つづいて、海の彼方からブラームスの『シンフォニー№4』の第1楽章冒頭のメロディーが哀しみを湛えて美しくも儚くキラキラと輝きながら、徐々にこちらに打ち寄せる波のように感じられました。

そして午後のリハーサルも始まりました。チェリビダッケが、やはりこの冒頭のメロディーを波が打ち寄せては返し、打ち寄せては返すように、色々オケと語り合いながら、納得のゆく音色になるまで繰り返し練習していたことに感動しました。

この囁くような儚くも美しく消えてしまう、コンサートでは一度しか聴けない旋律を、何回も繰り返し聴くことが出来たことは至福の時でした。このままズーッとこの波に揺られて寄り添っていたい程美しく魅力的な音色だったのです。恐らくはブラームスも、クララ（想いを寄せていた、ブラームスの恩師シューマンの妻）とズーッと一緒に居たかったということを、表現しようとしたのでしょう。

そして第4楽章の何小節目であったか、彼は立ち上がり「そこのところのティンパニは」と腰掛けていた丸椅子の天辺をボンゴのように打ち始めて、「このようなリズムセクションでよろしく」とばかりパフォーマンスに満ちた指示を出したりと、気迫の籠ったリハーサルでした。このプログラムの演奏会をキッカケにチェリビダッケを色々と聴きましたが、ミュンヘン・フィルによる大阪のザ・シンフォニーホールでのチャイコフスキーの『シンフォニー№6』ロ短調（1993年）とか、大阪のフェスティバルホールでのブルックナーの『シンフォニー№8』ハ短調（1990年）など圧巻でした。

チェリビダッケはブルックナー（1824〜1896）の音楽には特別の思い入れがあったのではないでしょうか。ブルックナーの交響曲では、突然意識の火柱が立ち上がるような激情の炎が、瞬時にこちらの魂を鷲掴みにして異次元の世界に引っ張り込んでしまうような吸引力を感じます。その快感に満ちた体験はまるで精神のブラック・ホールのように思えてついついブルックナーの音楽に取り憑かれてしまう訳なのです。この燃え盛る音たちを絶妙な指揮棒捌きでコントロール出来るのがチェリビダッケなのだと思います。

晩年、仏教に帰依した彼は禅にも魅力を感じており、来日時には禅寺の庭を竹箒で掃いたり、参禅したりとかなり禅に情熱を持っていたようです。ブルックナーの音楽も、座禅をしている時に突然閃きが起こるような、パルス的な世界を感じます。禅僧であれ、教会のオルガニストでカトリック信者であったブルックナーであれ、瞑想や祈りのスタイルは異なっていても、心の在り様はそれ程違っていないのだと思います。

ベームを「ただの1小節も音楽を指揮したことがない男。芋袋」、カラヤンについては「コカ・コーラだな」、ムーティには「才能はあるが恐ろしく無知な指揮者」、マゼールに至っては「カントについて語る2歳児」等など歯に衣着せない物言いは枚挙に遑がありません。ですがそれらは相手を貶めたり蔑視しての発言ではなく、音楽の表面的な美しさだけではなくもっと本質的な存在へのアプローチが不足しているのでは、との指摘と捉えた方が解り易いと思います。チェリビダッケの存在を教えてくれた友人が、リヒャルト・シュトラウスの『死と変容』を、初めにカラヤン指揮で、続けてチェリビダッケ指揮で聴かせてくれたことがありました。私は音楽については無知で楽器も演奏出来ず、ただ聴くことだけが好きな人間ですので、「音楽に何を感じるか」が全てだと思っています。演奏のテンポや音色、リズム、ハーモニーなどは人それぞれに感じ方や好みが分かれますが、漠然と感じてしまう精神作用としての深さ、気迫、エネルギーのバランス、格調の高さなど色々な要素が絡み合って生まれて来る「響きの質」が大切なのではと思うのです。

シュトラウスは曲名の通り、魂というものを音で表現しようと試みたのではないでしょうか。「存在の本質」を受容する上で大切な事は、心を通しての魂という存在を感知したか否かであって、音楽を聴いて感動し感激するということに関するバロメーターもこの事に比例しているように思います。

この目には見えない魂というものの存在が音霊として、言霊として、さらには象霊(かたちだま)として如何に鑑賞者の心に響くのか、取り分けその作品の持つ品格については無作為、無心、無意識に近い程ストレートに現れるように思い、人間には信じられない程桁違いの次元の叡智の持ち主であるこの宇宙の創造主の品格に迫るものではないかと思います。心ではなく頭で考えた作為を持てば持つ程、この品格からは遠ざかってゆくのではないでしょうか。

チェリビダッケの音楽理論の骨子は、「音楽は『無』であって言葉で語ることは出来ない、ただ『体験』のみだ」という事であり、しばしば行われた「音楽現象学」の講義では「始まりの中に終りがある」という思想が一貫しています。彼は、深く尊敬していた指揮者のフルトヴェングラーから「音楽の深遠な洞察」の全てを学んだと語っています。ある時、別の指揮者がフルトヴェングラーにテンポ設定について質問したところ、フルトヴェングラーは「それは音がどう響くかによる」と答えたそうです。チェリビダッケはそのことを念頭に置いて、ホールなどの音響を無視してメトロノームの数字だけを元に決められたかのようなテンポの設定は無意味だということを悟ったと聞きます。私が神奈川県民ホールで体験したホールの音響への拘りに得心した次第です。

チェリビダッケの哲学は、禅の精神を体現しており、宮本武蔵の空(くう)精神、更には老子、釈迦の云う「エゴを落としなさい」に通じるのではないかと推察致します。因みにシュトラウスの『4つの最後の歌』の「夕映え」は、暮れなずむ茜の空に鳴く雲雀の声を遥かにしつつ静かな土地での憩いに心を寄せてゆく生と死の狭間の極致の表現としてその格調の高さに魅了されます。

色々と懐かしい思い出が蘇って参りますが、ある日絵の仲間の方から「今、チェリビダッケとミケランジェリが来日していて明日演奏会がある事を知っていますか」と尋ねられ、全く知らなかった私はビックリ！　駄目元でマネジメントの梶本音楽事務所に連絡した所、何と招待者からのキャンセル・チケットが2公演共にあるとの事で、これまたビックリ！　お陰様で公演を聴くことができました。プログラムは、ベルリオーズの序曲『ローマの謝肉祭』、シューマンの『ピアノ・コンチェルト』イ短調は両日共同じで、1日目の後半はチャイコフスキーの『シンフォニー№5』ホ短調、2日目がベートーヴェンの『シンフォニー№5』ハ短調でした。

ミケランジェリのピアノは、風の流れに身を任せるような、躊躇うような、呟くような、決意したような様々に変化する心象を多彩なタッチで弾き分けており、黒澤明の映画『羅生門』の中の一場面を思い出しました。それは、キラキラと明滅する木漏れ日のようにグラデーション豊かな陰陽を刻むようなタッチが魅力的な映画でした。一方、チェリビダッケの指揮は、シューマンの『ピアノ・コンチェルト』の刻々と変容してゆく心象風景を再現すべくミケランジェリの多彩な演奏に凧のように寄り添っていたのがとても印象的でした。『シンフォニーNo.5』は前者とスタイルは異なるものの短調の絶望から長調の歓喜の希望へと向かう凄まじく爆発的なエナジーをオーケストラから存分に引き出していました。読響のリハーサルで見たように彼が練習時間で多く要求するのは、「井戸を浅く掘れば水を汲みださねばならぬが、深く掘れば自ずと向こうから水は湧き出してくる」という譬えのように、オーケストラが自発的に音楽を演奏するように仕上げるためであり、それが指揮者の仕事なのだと云わんばかりです。

その求めるところは「全ては絶対的なのだ」というチェリビダッケの言葉のように超越を齎すこの「絶対」は納得のゆくまで繰り返される練習の中で初めて起こる現象なのだと思いました。

そして、その「絶対」を「空」として捉えて鑑賞した場合のブルックナーの『シンフォニーNo.3』ニ短調の演奏を考察してみます。（1993年ミュンヘン・フィルを率いてのサントリーホールでの公演）

音楽学者三宅幸夫氏（1946〜2017）の新聞批評を要約すると、「普通ならば演奏は1時間そこそこ。流石ブルックナーに通暁したチェリビダッケ、オーケストラを自在に操ってこの作品を壮大な『No.7』や『No.8』に匹敵する次元にまで高めてみせたのである。勿論、『当夜の演奏はなんと75分も掛かりました』などという下世話な話ではない。物理的な時間ではなく心理的な時間が問題なのだ。梃でも動かない落ち着いたテンポ設定、チェロとコントラバスの持続する唸り等々はいやおうなしに聴き手に内在する時間感覚の変容を促す。それは最早直線的な時間でも円環的な時間でもなかった。時間とそして音楽が立体的に螺旋を描いて上昇してゆく感覚とでも言えようか。主題・動機は回帰する度に新たな意味を付与され次第に高められてゆく。密やかに暗示された冒頭のシグナル動機が幕切れ（螺旋の頂点）で高らかにかつ幅広く歌い上げられときミサの『聖体奉挙』を想い出さずにはいられなかった。そう、チェリビダッケのブルックナーは限りなく宗教的儀式に接近している。この秘蹟に与った後ではブラヴォーの絶叫も何やら虚しく響くだけであった」と。

もう30年程前のことで私はこの評論のどれ程を聴き取っていたか定かではありませんが、ブルックナーの曲は禅なるものを内包しているように感じられるのです。チェリビダッケも又禅を通して体験したであろう「空（くう）の学び」を、ブルックナーの音楽を通して実践出来ないものかと色々と試みたのではないでしょうか。

２０１９年、モーツァルトの『ディヴェルティメント』変ロ長調Ｋ・287の第4楽章アダージョについて書く機会がありました。私は、音楽は時間と共に水平方向に流れてゆくもののように思うのですが、このアダージョを聴いていると、音楽が垂直方向に上昇してゆき、時間は空間に変容してゆくが如く、徐々に逆円錐形に広がってゆくように感じます。それはまるで恋人たちが手に手を取り合って舞い上がってゆくようで最早時間軸は消え、恋人たちの愛が融合して開花し、永遠に愛が流れてゆくような……そんな世界を感じてしまいます。この時間が空間に変容してゆく感覚が三宅氏の述べた「時間とそして音楽が立体的に螺旋を描いて上昇してゆく感覚とでも言えようか」とほぼ一緒の感じ方なのに驚きました。プログラムに挟み込まれたままお蔵入りだった、30年前の新聞記事が蘇ったような不思議な感覚でした。

量子物理学者のカルロ・ロヴェッリ（１９５６〜）の近著『世界は「関係」でできている　美しくも過激な量子論』（ＮＨＫ出版刊・冨永星訳）にて、約二千年前の修行僧ナーガールジュナの『中道の基本的な詩文』について説明している箇所がありますので、その要旨を記します。

「究極の実体や本質は存在せず空なのだ。輪廻と涅槃は同じであり、いずれもその存在は空である。いかなる視点も別の視点と依存し合うときにのみ存在するのであって、究極の実体は金輪際存在しない、空でさえも本質は持たない。空は空なるものなのだ。他のものとは無関係にそれ自体で存在するものはない、という単純な主張だ。この主張はすぐに量子力学と響き合う。何ものもそれ自体では存在しないとすると、あらゆるものは別の何かに依存する形で、別の何かとの関係においてのみ存在することになる。しかし、それは飽くまでも相互依存と偶発的な出来事の世界であって『絶対的な存在』を引き出そうとするべきではない。

文化とは経験や知識、そして何よりも他者とのやり取りを糧として私たちを豊かにしてくれる果てしない対話なのである」。

音楽の世界では時間が空間に変容してゆくような心理的現象の中で、「音即是空　空即是音」が起こっているのかも知れないと思います。

壮麗な虚構の城

朝吹英和

音楽の演奏についての審美眼は各人各様であり、巨匠として定評のある指揮者でも好き嫌いがはっきりするものである。フルトヴェングラーやカラヤン、バーンスタイン等においても熱烈な愛好派とアンチ派に分かれる。再現芸術である音楽の面白さであり、また魅力の一面でもある。勝間田氏が数々の演奏で感銘されたチェリビダッケについて私は極めて相性の悪い指揮者のひとりである。

現在でこそ相当数の音盤が発売されているが、1980年代の頃では録音に価値を認めないチェリビダッケの音盤は限られていた。当時私がいくつか聴いたLP盤やFM放送での演奏の全てに得心が行かなかったものの、チェリビダッケ信奉者ともいうべきファンが多いことも事実であり、実演に接する日を待ち望んでいた。そのチェリビダッケが手兵のミュンヘン・フィルを率いてサントリーホールでブルックナーの『交響曲第5番』変ロ長調を演奏すると聞いて、その芸術を体験すべく早速チケットを予約した。（チェリビダッケは1979年にミュンヘン・フィルの首席指揮者に就任し、1986年10月の来日時は74歳であった）

私の好きなブルックナーを得意とするチェリビダッケの演奏に接する期待に胸を膨らませていた私の夢は早くも冒頭部分で崩壊してしまった。

低弦のピチカートの下降と上昇によって開始される音型が対位法的に展開され、闇の中で厳かな雰囲気が醸成され小休止となる。その直後、金管の強奏で突如出現するコラール楽句は、恰も光に包まれた神の姿を直視するような鮮烈な衝撃を聴く者に与えるが、チェリビダッケの演奏では金管の屹立感が弱く衝撃波を感じる事が出来なかった。拡大鏡で細部を見るようなテクスチャーの美しさは散見されるものの、異常に遅いテンポと切れの悪いリズムとによって音楽に推進力が感じられず、終始停滞感が募るままに推移していた。スコアに「モルト・ヴィヴァーチェ」(とても速く)との指定がある第3楽章も間延びしたテンポでブルックナーのスケルツォに漲る活気が感じられなかった。チェリビダッケのテンポ感覚は私には「勿体ぶっている」としか感じられなかった。

第4楽章では文学的な表現で恐縮ながら、「音楽が仁王立ち」になる場面が多く、壮大な音響がホールに鳴り響いたものの、ブルックナーの音楽の醍醐味である生成・発展・減衰・回帰の有機的な肉体感を伴った「円環的な時空」を体感出来ないままに終ってしまった。嵐の如く沸き起こった拍手喝采の中、私は席を立って退場した事を記憶している。この演奏を一言で申せば、「壮麗な虚構の城」であった。恐らくはチェリビダッケの思い描いた時間感覚と私のそれとの乖離が大きかったためだと思う。

なお、このコンサートを放送録音したいとの日本側の申し出にチェリビダッケから承諾の返事が届いたのはコンサートの当日であったが、リハーサルも無事に終了して開演5分前になってマエストロから「放送はノー、録音も止めてほしい」との指示があり録音計画は頓挫してしまった。

然しながら、録音担当ディレクターが放送は断念したものの、録音は残しておくべきと判断して無断で録音したテープは20年間の長きに亘ってお蔵入りであったが、チェリビダッケの子息並びにミュンヘン・フィルに視聴して貰った所、音質・演奏共に既に市販されていた同曲のCDを超えるものであるとの事で発売が許された。（１９８６年10月22日サントリーホールでのライヴ録音CDの解説書／梶本音楽事務所取締役シニアディレクター佐藤正治氏による）私はこのCDを聴いたが、残念ながら実演での感想をトレースする結果に終わった。

「音楽は演奏という再現行為の中でその都度新たに生成する時間芸術である」、「良い音楽家とは、曲のあらゆる要素を関連づけて把握できる者、すなわち、曲の最初から最後までのアーティキュレーションの全体を一瞬の同時性のなかに見渡し体験できる者のことである」（クラウス・ヴァイラー著『評伝チェリビダッケ』／春秋社刊）というチェリビダッケの認識に異議を申し立てることはない。問題は、左様なチェリビダッケの認識と再現された演奏との乖離を私が強く感じたことに尽きるのである。

音楽評論家の遠山一行（１９２２〜２０１４）は、１９７７年に読響を指揮したチェリビダッケについて、チェリビダッケの美学に同感しつつも、その美学を実現している演奏に不満だったと述べている。そして、「チェリビダッケは強い自己意識のなかで、他者と自己との距離を忘れ、閉ざされた空間で表現の工夫をこらすことによって、結局は一人の職人芸、音楽表現の名人芸に陥ってしまったのではないだろうか」として、「その表現はいかにも綿密で徹底しており、しかも最近しばしば見られるような図式的で人工的な誇張を伴うものではない。彼自身の欲求あるいは個性の表現としては自然なものともいえる。きいていてくたびれる反面、随分感心するところも少なくない。しかし、私はそれをきいて感動することは遂になかった。最後には正直なところやり切れない気持にさえなった」と結論付けている。（『遠山一行著作集』3／新潮社刊）

（氏はラヴェルの『マ・メール・ロワ』について「確かに夢のような抒情の世界だが、その抒情はドイツ・ロマン派の暗い森の幻想ではない。もっと透明な色彩がほしい。それにいかにもおそいテンポである。ラヴェルの幼児のような夢は、このテンポのなかではたちまち覚めて消えてしまう」とチェリビダッケのテンポに言及している）

ブルックナーの演奏について私の時間感覚との隔たりが大きかったチェリビダッケであるが、ミュンヘン・フィルとのストラヴィンスキーの『火の鳥』の「子守唄」（1982年10月ライヴ録音）は凶悪なカスチェイ大魔王やその手下どもが乱舞の果てに倒れ込んだのを見た火の鳥の掛けた魔法によって眠りに落ちる映像が目に浮かぶような見事な演奏であった。

緻密な響きの質感と瞑想的な音楽の自然な流れに身を任せる快感は「大人の子守唄」と言えるような味わいであった。蓋し聴き手にとっての演奏の良し悪しを左右するものは再現された時間感覚にあることを改めて認識した次第である。

両極を究めたオットー・クレンペラー——瞬間と永遠、二律背反の克服

朝吹英和

19世紀生まれの指揮者で来日が叶わなかった巨匠と言えば、トスカニーニ（1867～1957）、ワルター（1876～1962）、クレンペラー（1885～1973）、フルトヴェングラー（1886～1954）等の名前が思い浮かぶ。音盤で聴く彼らの演奏で最も私の印象に深い指揮者はクレンペラーである。クレンペラーの遺した言葉と音盤をご紹介しつつ、その演奏について私の感想を申し述べたい。

ピーター・ヘイワースとの対話の中で指揮について尋ねられたクレンペラーは、「指揮の技術は、わたしの考えでは、指揮者がオーケストラだけではなく聴衆にもおよぼす暗示力にあると思います。また指揮者は眼と、両手や指揮棒の動きで演奏者をリードしていくことができなければならない」と語り、「木管がきこえるということがもっとも重要なのです。普通は金管と弦楽器があまりに大きすぎるので、木管がきこえないのです。私はいつも木管に特別の注意をはらってきました」と語っている。（ピーター・ヘイワース編『クレンペラーとの対話』／白水社刊）

また別のインタビューで、「バッハやモーツァルトを演奏する場合作曲者が感じていたことを感じ取ろうと努めるのです。自分の音楽的直観に導かれて、バッハはモーツァルトとは全く違うものであると感じ、それぞれにふさわしい演奏をするのです」と語っている。数多くのクレンペラーの音盤の中で、取分け私

が好きな作品は、バッハの『ロ短調ミサ曲』、モーツァルトでは『フィガロの結婚』、『ドン・ジョヴァンニ』、『コジ・ファン・トゥッテ』、『魔笛』、交響曲のシリーズ、若き日のバレンボイムの独奏による『ピアノ協奏曲第25番』ハ長調等があり、ベートーヴェンの交響曲、『ミサ・ソレムニス』、ブルックナーの『交響曲第5番』変ロ長調（ウィーン・フィルとのライヴ録音／1968年）、マーラーの交響曲『大地の歌』、『交響曲第9番』ニ長調等が挙げられる。いずれの作品も音楽の構造に光を当て、木管をくっきり浮かび上がらせた名演である。

モーツァルトの『交響曲第29番』イ長調K・201は、クレンペラーの演奏の素晴らしさを私が学生時代に初めて体験した音盤として懐かしい。弦楽器の底光りするような下降音型と同音反復が繰り返される冒頭は、まるでひたひたと潮が満ちて来る海の律動のように聴こえる。第2楽章のコーダのオーボエソロの高鳴り、行進曲風のメヌエットと緩やかなトリオの対比が美しい第3楽章を経て、終楽章では弾けるような躍動感が横溢し、時間を追い越してゆくが如き疾走するスピード感は、帆を張って海面を滑るヨットに乗っている快感を覚えさせるが、コーダでのホルンの木霊は遠く過ぎ去った日への郷愁のように心に残る。18歳の青年モーツァルトの客気に溢れた名曲の名演奏である。（ニューフィルハーモニア管弦楽団／1965年録音）

また『弦楽のためのアダージョとフーガ』ハ短調K・546は、「峻厳」という表現が相応しい厳しい内容で、クレンペラーの透徹した眼差しを感じる。（フィルハーモニア管弦楽団／1956年録音）

1959年に来日したストラヴィンスキー（1882〜1971）が武満徹（1930〜1996）の『弦

楽のためのレクイエム』の録音を聴いて、「この音楽は実にきびしい（intense の訳語）」と語ったエピソードが想起される。感傷とは無縁の痛切なる思い、一途な精神が音楽から伝わって来る意味において、『弦楽のためのアダージョとフーガ』と『弦楽のためのレクイエム』には通底するものがあるように私には感じられる。Ｋ・546は、『交響曲第41番』ハ長調Ｋ・551の完成した僅か1か月半前の作品であり、モーツァルトの脳裏には重層し屹立する宇宙の鳴動のようなフーガが鳴り響いていたに違いない。

『魔笛』の終幕でのパパゲーノのアリアは自殺寸前の絶望の淵から一転して生の喜びに反転する高揚感に溢れ、喜びの頂点を駆け抜けるフルートの楽句は、僅か1秒程度の短さにも拘わらず、清流の中で陽光を浴びて魚が反転した時の一瞬の光にも似て、生命の力を感じる。瞬間が永遠に繋がるモーツァルトの音楽の素晴らしさである。

そして『魔笛』のフィナーレのコーダは『交響曲第41番』のコーダと同じ音型で締め括られ、モーツァルトの心は宇宙的な響きと共鳴していたのであろう。

ブルックナーの交響曲は実演で聴かないと音楽の表現する巨大な時空に入り込めないもどかしさがあるが、１９６８年６月２日ウィーン芸術週間での第５番のライヴ録音の演奏はＮＨＫ・ＦＭで放送された時に聴いたが、まるでコンサート会場にいるような興奮を覚えた記憶がある。５番の特徴である、大聖堂を仰ぎ見るが如き建築的な音の積み重ねの中にブルックナーの世界が広がって行き、最終楽章のフーガの高揚感の頂点を成す壮絶なコーダの迫力は、正にスピーカーが破れるかと思う程であった。

ヘイワースとの対話の中でクレンペラーはこの時の演奏を回顧して、「わたしがウィーンフィルハーモニーを最後に指揮したのは一九六八年です。ブルックナーの五番は見事でした」と語っている。
当時（１９６９年）の若い世代の指揮者についてのクレンペラーの評価も興味深いものがある。ウィーンで『ファルスタッフ』を聴いたカラヤンを「実に才能のある指揮者」として高く評価しつつも、「ルツェルンで聴いた第九交響曲、これはひどかった。スケルツォのあとで、わたしは会場を出てしまいました。早すぎる、あまりにもはやすぎた。しかも第九交響曲では、ベートーヴェンのメトロノームの指示は正しいのです。スケルツォでは全小節を通じて一一六で、それ以上早くはありません」と語っている。正しいテンポについて「テンポは感じるものだ」とするクレンペラーによってカラヤンのテンポは我慢出来なかったのであろう。音楽の構造を重視し、明晰なフォルムを追究したクレンペラーが若い世代の指揮者ではブーレーズを高く評価していた事は頷けるものがある。また、１９４８年に『フィガロの結婚』を指揮した時のプログラムに寄稿した文章は示唆に富む内容である。

「モーツァルトのテーマにはしばしば死や闇が取り上げられている。彼はたんなる快活な天才ではなく、それ以上のものなのだ。《後宮からの誘拐》第三幕の二重唱や《ドン・ジョヴァンニ》の騎士長の場面や《魔笛》がその良い例である……ドイツ人は真のモーツァルトを見ないし、見ようともしないのだ。《後宮からの誘拐》の楽観主義、《フィガロの結婚》の悲観主義、《ドン・ジョヴァンニ》における不吉さや、《魔笛》における厳粛さ、そして《コシ・ファン・トゥッテ》の持つ哲学的な背景は、省みられていないのだ」。

クレンペラーが最晩年の1971年（85歳）に録音した『コジ・ファン・トゥッテ』は、音楽の構造に光を当てた明晰な管弦楽と、マーガレット・プライス（フィオルディリージ）やルチア・ポップ（デスピーナ）、ハンス・ゾーティン（ドン・アルフォンソ）等当時伸び盛りの歌手陣との歌唱がマッチしており、表層的な喜劇としてではなくモーツァルトや台本作家のダ・ポンテが意図した「哲学的な背景」（クレンペラー）の表現において傑出している。

本作についてクレンペラーは語っている。「このテキストをあまりに表面的すぎると思う人にとっては（このテキストはもっと高い観点から見ればむしろ深遠な意味をもつものなのだが）、この欠点を完全に浄化しているW・Aモーツァルトの音楽を聴くことで、どんな非難も鎮められるにちがいない」そして、作品中の重要な音楽について独創的な序曲、二人の女とドン・アルフォンソによる三重唱（ここにはすでに〈真夏の夜の夢〉の音楽が聴かれる）、第二幕でのフェルランドとフィオルディリージの二重唱等を例示した上で、「しかし何よりも終曲での二組の恋人たちによる、ベートーヴェンを想い起こさせる感動的なカノン〈あなたと私のグラスの中に、憂鬱なことはみな沈んでしまうがいい〉である」と語り、「この作品はその純化され洗練された精神性によって、モーツァルトの中でも全く特別な地位を占めているのだ」と結論付けている。（28歳のクレンペラーが1914年の上演に際して／シュテファン・シュトンポア編『クレンペラー指揮者の本懐』／春秋社刊）

最晩年に至るまで芸術を追究するクレンペラーの気力は些かも衰えを知らず、モーツァルトのオペラ『後宮からの誘拐』の録音計画もあったそうである。

作曲家でもあったクレンペラーは現代音楽の演奏にも力を入れていた。米国でのコンサートでは当時30歳だったショスタコーヴィチの『交響曲第1番』へ短調を取り上げて「今日演奏する第一交響曲へ短調作品一〇は二十歳の時に書かれました。二十歳で交響曲を作曲するというのは、非常に早熟であった証拠です。……この若い作曲家は、ユーモアやグロテスクなものについての鋭い感覚を持っており、この交響曲にも多くの諧謔的な要素が含まれております。とりわけ、第一楽章にはそれが言えるでしょう。……そして歌心にあふれたアダージョを経て終曲へと移りますが、ここでは作曲家のロシア気質、すなわち野蛮さと繊細さが入り混じった雰囲気が最も強く表わされています。この交響曲のずば抜けた才能を見事に証明しているのです。……私は予言者ではありませんが、彼がずば抜けて素晴らしい発展をするであろうと信じています。この現代の有望な才能に敬意を払いたいものです」と述べている。（1936年1月ロサンジェルスの学生向けコンサートにおける演奏前のスピーチより／前掲『クレンペラー指揮者の本懐』）

20世紀を代表する作曲家の一人となったショスタコーヴィチの才能を早くから見抜いたクレンペラーの慧眼。

ユダヤ系の家系に誕生したクレンペラーはナチス政権樹立と共に1933年から約7年間米国に亡命したが、その最中1939年に脳腫瘍を発症し、大手術を受けたものの右半身が麻痺、右耳の聴覚も失った。その後転倒事故による大腿骨骨折、別の機会には腰骨骨折に見舞われ、更には全治1年を要した大火傷等生涯を通じて数多の病苦や事故に遭っているが、何よりも24歳の若さで発症した双極性障碍は生涯を通じて治癒しなかった。極端な躁状態と鬱状態が周期的に繰り返す難病であったが、身体的な難関を克服して生涯を全うした強靱な精神力、気力の結晶した演奏の数々に圧倒される。

「ブーレーズの世代では、彼は傑出した指揮者であり音楽家でもある唯一の人物だということは間違いありません」（前掲『クレンペラーとの対話』）とクレンペラーによって賞讃されたブーレーズによるクレンペラーの評価は、正に両極を自らの内に持ち二律背反を超克したクレンペラーの人間性について正鵠を射ている。

「オーケストラからその最も深いファンタジーを引き出すことにかけては右に出る者がなく、また、ほとんどは愉快で痛烈な無数のエピソードを持つ戦闘的な人物でもあるという複雑なイメージは、オットー・クレンペラーの人間性をかなり矛盾した謎めいたものにしているように思われる。ドイツの偉大で豊かな伝統の最後の相続人であり、彼がその場にいるだけでオーケストラを魅了し支配してしまう巨大で威厳ある外観こそが、彼の本当の姿だったのだろうか。あるいは彼は、高齢においても旺盛な創造力を保ち、若い指揮者の多くが色褪せ、弱々しく、退屈に見えてしまうような自在の表現力を持つ反逆者であったのだろうか。それとも、信仰あつく偉大で威厳のあるジキル博士と、挑発的で嫌味を言うハイド氏が彼の中では結びついていたのだろうか」。（前掲『クレンペラー指揮者の本懐』）

ブルックナーの円環的時空――名指揮者による演奏体験

朝吹英和

「私にとって死ぬということは、モーツァルトを聴けなくなることだ」との言葉を残したと伝えられる相対性理論の提唱者であるドイツの物理学者アルベルト・アインシュタイン（1879〜1955）の透徹した審美眼と豊かで鋭い直観は、モーツァルトの音楽が内包する時空の本質を的確に衝いている。喜怒哀楽様々な体験が重層し交錯する生を現実の時空の中で担って行くのが人間の宿命であればこそ、時空を超越した世界を巡り再び現実の世界に回帰する音楽は異次元空間への旅であり、現実の柵から解放され人間の精神が自由に飛翔する「生の時間」である。

ブルックナーとの出逢い、それは学生時代の学園祭の時であった。私の所属していたクラシック音楽鑑賞会では大教室を貸し切ってのレコード・コンサートを計画した。オーディオ・メーカーから借用した最新のステレオ装置の据え付けも完了して、各自が持ち寄ったLP盤の試聴が始まった。その中の1枚にブルックナーの『交響曲第1番』ハ短調があった。オイゲン・ヨッフム（1902〜1987）指揮によるベルリン・フィルハーモニー管弦楽団の演奏でドイツ・グラモフォンの新譜試聴盤であった。（1965年10月録音）低弦のリズミックな律動に乗って颯爽とした音楽が展開する第1番、教室を揺るがすフォルテの大音響に何事が始まったのかと教室に顔を覗かせる学生達も多かった。そして、第3楽章のスケルツォの秋の空の如く澄み切った響きの中に漂う哀しみと憧憬に満ちた音楽は若き日の私の心を捉えた。雄渾かつ壮大な宇宙の中に繊細で優しい心根が密かに息づいている事が感じられ、当時親しんでいたモーツァルトやベートーヴェン、そしてチャイコフスキーの音楽とは全く別次元の正にブルックナー独自の世界との運命的な邂逅であった。

モーツァルト、マーラー、シベリウス、ショスタコーヴィチと並んで私が好きな交響曲作家であるブルックナーは、その静謐を極めたピアニシモから壮大なフォルティシモに至るまで宇宙的なスケールでの振幅の激しさ、緊張と弛緩の交錯する力学によって描かれる天空に架かる虹の如き雄大な弧によって屹立する世界、古典的なソナタ形式を基底としつつも大胆な位相転位による喚起力豊かな空間性、巡る時間を分断する斧として垂直に打ち込まれる楔の如きゲネラルパウゼ（総休止）等、多元的・重層的な楽曲構造によって齎される響きが特徴である。

生成・発展・減衰・転位・回帰の循環律の中で展開される音楽に浸る法悦は、ブルックナーの交響曲を聴く醍醐味であるが、宇宙との合一感を体験するためにはコンサートホールでの演奏を聴くことが必須条件となる。その演奏において指揮者に求められる条件として私は、①全体を一挙に把握する審美眼と造型力、②響きの透明度・緊密度、③生成・発展・減衰・転位・回帰を繰り返す音楽に対する明確なディレクション、④前記条件を満たした結果感じられる円環的な時間感覚の表出の4条件を挙げたい。④については全く個人的な感覚であり、言葉で説明する事は至難の技である。

「私達はベートーヴェンが苦艱に悩みつつゆっくりゆっくり仕事をしたことを知っています。併し、その創作の過程が終った時は、作品も又完成されていました。これに反してブルックナーの場合は、まるで一つの作品が、彼にとって内面的に永久に完成しえないかのような印象を与えます。まるでこの無辺無限の拡散(かくさん)的な音楽の本質の中には、自分自身をのり超え、つき抜ける仕事は永久に完成できない、永久に『決定的』になることが出来ない、といっているかの様に……」。（フルトヴェングラー『音と言葉』／新潮社刊）

フルトヴェングラーもブルックナーの音楽の円環性や無限に拡散する宇宙を強く感じていたのではないかと思う。その様な円環的な時空を感知して私が感銘したブルックナーの交響曲体験をご紹介したい。

○『交響曲第7番』ホ長調／オトマール・スウィトナー指揮・ベルリン国立歌劇場管弦楽団（1978年10月24日／渋谷公会堂）

○『交響曲第8番』ハ短調／ロヴロ・フォン・マタチッチ指揮・NHK交響楽団（1984年3月7日／NHKホール）

○『交響曲第8番』ハ短調／ギュンター・ヴァント指揮・北ドイツ放送交響楽団（1990年11月3日／サントリーホール）

○『交響曲第9番』ニ短調／ギュンター・ヴァント指揮・北ドイツ放送交響楽団（2000年11月13日／東京オペラシティ・コンサートホール）

冒頭から尋常ならざる緊張感に満ち、輝かしくも抒情溢れるスウィトナー（1922〜2010）のブルックナーの『交響曲第7番』ホ長調の名演は生涯忘れ得ぬ演奏会の一つであるが、N響との公演でも『交響曲第3番』ニ短調を聴く事が出来た。

ブルックナーの演奏において「響きが透明でなければならない」と語ったマタチッチ（1899～1985）は、N響との公演で『交響曲第5番』、『第7番』、『第8番』、『第9番』と4回演奏を聴く機会があり、特に最後の来日となった1984年3月7日の『第8番』は巨大なNHKホールを震撼させた名演としてN響の演奏史の中で燦然と輝いている。

読響やN響に客演し、北ドイツ放送交響楽団を率いて来日したヴァント（1912～2002）はブルックナーの交響曲について、「彼の交響曲においては、アッチェレランドやクレッシェンドによって別のものに展開していくということが存在しない。ブロック状になっていて、それぞれが並列しているという音楽なんだ。もしもそれぞれのブロックの関係をうまく設定できなかったり、テンポの関係が間違っていると、建築としての全体が崩壊してしまう。これがブルックナー演奏における最大の課題なのだが、これをやるのはとても難しいことだ」と語っており、更に『交響曲第8番』の第1楽章展開部について、「……星同士の衝突、所謂破局が起こります。この部分がそれです。（245小節）……これは私には新しい星の誕生のように感じられます」と1990年11月の来日時のインタビューに答えている。ヴァントもブルックナーの音楽に宇宙的なるものを感じていたのではないだろうか。

緊張感に溢れた音楽の展開、木管と金管、弦と管、更には打楽器等楽器間のバランスとアクセントに細心の注意を払うヴァントは、ブルックナーの音楽の重層的な世界を構築しているが、その堅固な構造を屹立させているのは偏にヴァントの鋭敏なリズム感と引き締まったテンポ感であり、その響きの源泉は透明な響きを志向する澄み切った美意識である。なお、スウィトナーを除く前記3つのコンサートのライヴ録音が遺されており、往時を偲ぶことが出来る。

詩と俳句のコラボレーション――連句詩の試み

朝吹英和

等速で経過する物理的な時間の中で展開される音楽は、何時しか日常の時間を超えて異次元の世界で自律的な時を刻む。回転する透明な多面体が日輪や月光を浴びて煌くような変化に富んだ美しさに溢れたモーツァルトの音楽。死は生にとって真の最終目的であり、最上の友とまで認識していたモーツァルトの多面体の光と影は、死に向かう存在としての人間の生の軌跡を包み込む。

標題性はもとより指向性も定かではないモーツァルトの音楽は、一瞬の澱みも見せずに疾駆する。水滴から構成される川の流れは瀬を早み、淵を巡りつつ休みないが、水は川から掬い上げられた瞬間に流れとしての生命を失う。流体の生命が正に流れの運動エネルギーの中に存在するが如く、モーツァルトの音楽は、発見と躍動に満ちた瞬間の連続体が放射するエネルギーの中にその生命を宿している。

古来時間の頸木から解放されたいとする人間は、無常に流出する時間を生の輝きと喜びに満ちた至福の時に変換するために様々な芸術を創造して来た。音の組合せによる世界創造が音楽であるように、言葉の組合せによる新しい世界創造が詩であり、俳句である。自由で開かれた精神と感性によって構築され結晶した芸術作品には、濃密な時間への意識が存在し、瞬間の中に永遠が封じ込められている。
高田昭子さんの詩集『空白期』を読んで強く印象に残った事は、「時間」に対する思いの深さであった。

「花の枝に被いつくされた
晴れた空の向こうには
幾重にも折りたたまれた空があって
空の哀しみはさらに深くなる」

（高田昭子「桜咲く」より）

哀 し み を 深 め し 空 や 花 の 冷 え　　朝吹英和

過去に繰返され、未来にもまた繰返されるであろう万象への思い、宇宙の循環律の中に授かった生を慈しむ心が感じられる。

「遠い　まだまだ遠い
駱駝に乗って
はじまりの道をさがしにゆく」

（高田昭子「駱駝に乗って」より）

駱駝には駱駝の時間雲の峰　朝吹英和

「おびただしい小さな掌は
赤く染められて
死者たちのいるところまで
幼子の行進は続いている」
（高田昭子「もみじの寺」より）

途切れなき水子の列や冬紅葉　朝吹英和

マウリッツ・エッシャー（１８９８～１９７２）のリトグラフ『上昇と下降』（１９６０年）では、時計回りに階段を上る人は永遠に上り続け、反時計回りに階段を下りる人は永遠に下り続ける状況が描かれている。同じ階段を上下しつつ擦れ違う人々の行列。今日という現在は、必ず訪れる明日という未来によって乗越えられ、過去に連なる。明日という未来に向かって生きる人間を支えるエネルギーの源泉は、只管に遠ざかって行く昨日という過去に蓄積された位置のエネルギーである。

「あとがき」に記されているように、高田さんの詩作は「終わりのないはじまり」に向かうものであり、その作品には常に循環する時間に対する意識が通奏低音の如く鳴り響いている。

【連句詩『残像／青と白』】 森永かず子（詩）・朝吹英和（俳句）

彫 像 と な り し 少 年 夏 逝 け り

「夏の尾ひとふり
ことばも傾斜をかけて暮れ始め
空に削られ　刻まれては流れ

かろうじて佇とうとするものの行方
凪は鏡の中ばかりを吹きそよぐ
黙されがちな明日の方向へ

つ―……と
ふるえるようにシオカラトンボはよぎり
その青の中に少年の哀しき海を見る」
（シオカラトンボとは、成熟して水色になったオスにつけられた名前で、茶色いメスは俗にムギワラトンボと呼ばれる）

遠 浅 の 海 に 腕 組 む 晩 夏 か な
散 骨 の 野 に 一 本 の 捕 虫 網

「猫は走る
骨をくわえて
三日月の下
くっきりとした影が
ジャズを踊る

わたしは跳ねる
赤く温かな舌に
うっとりと
くるまりながら
目を上げれば
空には銀の刃物
冴え冴えと　もうじき
白い骨の夢をみる」

銀刃を磨き上げたるいぼむしり
畳まれしサロメのヴェール穴惑ひ
黒犀の陰画食む音星月夜

ギロチンの一閃美しき花野かな
聖体を拝領したるきりぎりす

「作者の記憶のない
一枚の絵画の
描かれない印象だけが
悔恨のように忘れられない
あれは聖職者と信者の交信の瞬間
暗転する善と悪
善は
愚かに恍惚としてふるえ
狡猾に醒めた
悪と呼ぶにはあまりに気だるい
饐えた眼差しを仰いでいた

そのとき
音楽はしらじらと何を讃えたか
あるいは糾弾したか

窓の向こう
無言の花野を背にして
合唱の表情は楽譜に侵され
弾き手不在のオルガンは開いたまま
どこからともなく
鍵盤のうえを風が吹き過ぎる
花々の淡いヴェールの下で
そろそろと
居場所を無くした蛇たちが
蠢き出す聖なる日」

堕天使の記憶の底に木菟眠る
神殿にコロスの影や寒昴
黙劇の早き暗転雪しまく
冬天を射抜く金管冥府（よみ）開く
審判を告げし喇叭や冬銀河

「目覚めよ！と

オーボエは響き
世界はしんと冷たく静謐を深める
朝は水位をあげ
浮かぶ揺り籃のなかに
今日をはぐくむ

眠りのそばに
取り残された星屑は
凍てついたまま散り敷かれ降り積もり
昨夜の夢は雪の下
固い種子のようにふるえて
白い闇に怯えている
それでもじっと記憶の花を抱いて
明日の足音を聞いている」

種 浸 す 水 や は ら か く 眠 り け り
深 層 水 の 砦 を 叩 く 春 の 雷
転 調 の 淵 に 散 り 込 む 落 花 か な

揺り籃の深き眠りやリラの冷え
雪柳寝覚めよろしき水の精

「凍え、抱えあぐねて
過ぎることは溢れることと
ほどいては別れていく季節
いつだって
結び目の痕（あと）はささくれて
ちょっと痛むけれど
そうしてはじめて
頑なな雪は素直さを学び
そこから目覚めて
芽はふき
川は流れ
美音の型の魚が一匹
ツンと泳いだりもする
美しさは哀しい

教えられもしないのに
ひとは知っていて
桜の花びらなんかを
なぐさめのように身に浴びて
酒を浴びて
笑って　泣いて
ときには取っ組み合いの喧嘩もして
ああ　春はいいね
なんて
誰に言い聞かせるのだろう

日焼けて
体に残る時間は
いつまでも消えず
季節ごとの実りを
積み上げてオブジェのまえ
描き手を亡くした

キャンバスは佇ちすくみ
窓の外
捕虫網を抱えた少年の
早すぎる夏を眺めている」

2002年の夏、私の友人である詩人森永かず子さんから「連詩や連句はあるけれど『連句詩』なる試みがあっても面白そうだからご一緒に取り組んで見ませんか」とのお誘いを頂いた。事前の相談等は一切なく、偶々森永さんが選ばれた拙句から受けた印象を基にした詩がメールで送られて来たのがスタートであった。お互いの創作から自由にイメージを膨らませてのメールでのやり取りは独りで作句する時とは異なった緊張感と次に展開される世界への期待感とが心地好くとても刺激的な経験であった。

瑞々しい感性と象徴的で強い喚起力を内在した森永さんの詩に触発されて俳句を楽しみながら創る場をご提供頂いた事に感謝する次第である。芸術相互のコラボレーションの一例としてご鑑賞頂ければ幸いである。

両極を揺れ動く時空――モーツァルトとショスタコーヴィチ

朝吹英和

「モーツァルト、それは音楽の青春であり、人類に春の回復と精神的調和のよろこびとをもたらす永遠に若い泉である」。

（ドミトリー・ショスタコーヴィチの言葉／『ショスタコーヴィチ自伝　時代と自身を語る』ラドガ出版所刊）

それは今を去る96年前、１９２６年5月12日の出来事であった。ニコライ・マリコ指揮によるレニングラード・フィルハーモニー交響楽団によって初演されたショスタコーヴィチ（１９０６〜１９７５）の『交響曲第1番』へ短調が終演するや聴衆の大喝采は鳴り止まず第2楽章がアンコールとして演奏された。その日のマリコの日記には「私は、交響楽の歴史における、偉大な作曲家の新しいページを開いた思いがする」と記されていたと言う。マリコに紹介されたブルーノ・ワルター（１８７６〜１９６２）が初演後２年足らずの内にベルリン・フィルを指揮して海外初演を行い、ストコフスキー、クレンペラー、トスカニーニといった当時の世界的な指揮者もこぞってこの曲を演奏し、ショスタコーヴィチの名声は一気に国際的に広まった。

１９２５年にペテルブルク音楽院の卒業作品として作曲した『交響曲第1番』は、「現代のモーツァルト現る」と喧伝されたが、断片的なモチーフや動機が鏤められ目まぐるしく変化する曲想、要所に登場する管楽器の印象的な独奏、緩急自在のテンポの揺れと静謐の底から爆発的なクライマックスへの音楽の振幅の大きさ等は次元こそ違え、モーツァルトの作品とも通底する特徴である。

『交響曲第1番』は沈潜した祈りを感じさせる静謐な時空から多彩な変化に富む展開を経て熱狂的な情感の爆発に至るまで両極の時空を往還しており、後年のショスタコーヴィチの交響曲のスタイルを先取りする記念碑的な傑作である。


作曲当時（1925年）は後期ロマン派作品の残照も色濃かった時代であり、ワーグナーの楽劇の動機や旋律を想起させる音楽（第3楽章）やチャイコフスキー、グラズノフといった先人の残響も散見されるものの新しい時代を切り拓こうとする19歳の青年の客気が随所に感じられる。

ティンパニ、大太鼓、小太鼓、タム・タム、シンバル、トライアングル、グロッケンシュピールと多彩な打楽器とピアノも加わる編成による音色の豊かさはその後のショスタコーヴィチの交響曲作品に継承されている。特に『交響曲第4番』ハ短調や『交響曲第15番』イ長調に見られる静謐な時空の中時を刻むように点滅する打楽器群の響きを先取りするものである。

トランペットとファゴットの合奏と言う意表を衝いた開始は悪戯好きのモーツァルトを彷彿とさせる仕掛けであり、ショスタコーヴィチの最後の交響曲となった第15番でのロッシーニの『ウィリアム・テル』やワーグナーの『神々の黄昏』の引用等もモーツァルトのスタイルと通底するものがある。

終楽章の後半で突如出現するティンパニソロの激しい打ちこみの後、悲しみに満ちた独奏チェロのモノローグが続く。処女作とも言える『交響曲第1番』には「生と死」に対するショスタコーヴィチの思いの深さが痛切なメッセージとして籠められているように私には感じられる。

ショスタコーヴィチは同作品のフィナーレを僅か1週間で作曲したと伝えられているが、息子で指揮者のマクシム・ショスタコーヴィチ（1938〜）は、「父は、文字通りの意味での作曲はしませんでした。『曲を作る』のではなく、父は内なる耳、心の耳で聴いた音楽を紙の上に書きとめていたのです」と証言している。（ガリーナ&マクシム・ショスタコーヴィチ『わが父ショスタコーヴィチ　初めて語られる大作曲家の素顔』／音楽之友社刊）楽想が湧きあがり一気呵成に作曲する事の出来たモーツァルトにも通じるものを感じる。

『交響曲第1番』で颯爽と登場したショスタコーヴィチは、その後1936年には歌劇『ムツェンスク郡のマクベス夫人』上演を巡って当局による厳しい批判の嵐を浴びた。共産党の独裁政権の圧政下、常に粛清の恐怖に怯えながらも芸術家としての矜持を捨てることのなかったショスタコーヴィチが1953年に作曲した『交響曲第10番』ホ短調は芸術家の良心と当局の厳しい検閲や批判との鬩ぎ合いの狭間で誕生した傑作である。

低弦の重苦しい響きで開始され、激しく高揚するものの再び深い闇の中に沈潜して消え去るような第1楽章にはショスタコーヴィチの置かれた厳しい環境の中で藻掻き苦しむ魂の叫びに聴こえる。一転して暴力的かつ威嚇的な突き刺さるように鋭い音楽が狂騒の限りを尽くして駆け抜ける第2楽章には作曲家の遣る瀬無い気持ちの爆発を感じる。第3楽章のホルンによって奏でられる第3主題はマーラーの交響曲『大地の歌』第1楽章冒頭の旋律に酷似している。悲痛なホルンの強奏によって開始されテノールによる厭世的な歌詞は「生なお冥く　死もまた冥い」（広瀬大介訳詞）であり、マーラーが共感した「生は冥く死もまた冥い」との認識はショスタコーヴィチと相通じるものを強く感じる。ショスタコーヴィチが密かに思いを寄せていたエリミーラ・ナジーロヴァの暗喩であるＥＡＥＤＡの音型が遠い木霊のように響き渡り、ショスタコーヴィチのドイツ語表記の名前を象徴するＤＳＣＨ音型と交錯するものの束の間の事のように（成就することなく）静かに収束する第3楽章。

そして「私はショスタコーヴィチだ」と言わんばかりにショスタコーヴィチのＤＳＣＨ音型が執拗に鳴らされ炸裂するティンパニの強打によって解決したかのように終止するコーダは私には芸術を理解出来ない当局に対する痛烈な批判のように聴こえ、抑圧された力を撥ね退けるショスタコーヴィチの並外れた強靱なエネルギーを実感する。

ベートーヴェンの「苦悩から歓喜へ」との直線的な分かり易い音楽哲学とは全く異なり「面従腹背」とも取れる暗喩に満ちたショスタコーヴィチの音楽。歴史にもしもはあり得ないが、ショスタコーヴィチが自由を享受した社会に生まれていたら、このような傑作は生まれなかったかも知れず、不条理な歴史の不思議を感じる。

『交響曲第10番』についてショスタコーヴィチは「人間の感情と情熱を伝えたかったのです」とコメントしている。（亀山郁夫『ショスタコーヴィチ　引き裂かれた栄光』／岩波書店刊）

その主張は取りも直さず後世の人々に自分の本当のメッセージを伝えたかったがための暗喩であり、感情と情熱という抽象的な言葉に籠められた真の意味を考察する必要があるのではないか。

ショスタコーヴィチと同時代人であったカラヤン（1908～1989）はショスタコーヴィチの作品を余り演奏しなかったが、『交響曲第10番』だけには特別な思い入れがあったと見えて、本作の初演の僅か6年後1959年3月のベルリン・フィルとのコンサートで初めて演奏し、1982年5月迄19回コンサートで取り上げたという。更に1966年と1981年の2回に亘ってベルリン・フィルと録音も行い、1969年5月29日にベルリン・フィルのモスクワ公演で本作が演奏されたコンサートにはショスタコーヴィチも臨席し終演後は二人が壇上に並んで聴衆の歓呼に応えている写真が遺され、貴重なライヴ録音のCDも遺されている。カラヤンが『交響曲第10番』を高く評価していた理由は定かではないが本作に共鳴した事は間違いなく、興味深いものがある。

『ヴァイオリン協奏曲第1番』イ短調作品77は、ベートーヴェンやブラームスのヴァイオリン協奏曲と並んで古今のヴァイオリン協奏曲の中でも屈指の充実した傑作であり、古典的な様式感に漲る内的緊張の高さ、只管に沈潜する瞑想的抒情の深さと爆発的なエネルギーの強さで際立っている。「瞑想と狂騒」、祈りにも似た深い瞑想の時が現実の狂騒によって打ち壊されるのはショスタコーヴィチの作品の特徴であり、恰も自由を希求する精神を打ちのめす権力の乱入による蹂躙を象徴していると同時に両極の振幅の大きさを物語っている。

モーツァルトの音楽を殊の外愛したリヒャルト・シュトラウス（1864～1949）は、モーツァルトについて「天と地」、「死すべきものと不死のもの」、即ち両極の間を漂うと語っている。

「モーツァルトの旋律は――すべて地上の形姿から解放され――物自体として、プラトンのエロスのごとく、天と地の間、死すべきものと不死のものの間を漂う――意志から解き放たれ――最後の秘奥《原像》の王国へ向かって、無意識に芸術的幻想が最も深く侵入したものにほかならない」。

（吉田秀和・高橋英郎編『モーツァルト頌』／白水社刊）

2021年10月23日（土）、アレクサンドル・ラザレフ（1945〜）は日本フィルを指揮して『交響曲第10番』を演奏したが、底無しの深い海に沈降し時の流れから逸脱して異次元に入り込んだような不思議な感覚の冒頭から静謐と爆裂という両極を激しく揺れ動く本作品の持つ巨大なエネルギーが充満するパフォーマンスに圧倒された。

生と死、動と静、聖と俗、喜びと悲しみ、明と暗、陽と陰、表と裏、善と悪、プラスとマイナス……須らく万物は両極が重層的に併存し往還する時空を揺れ動く存在である。

葛飾北斎の『神奈川沖浪裏』では荒れ狂う波濤のエネルギーに翻弄されている三艘の舟にしがみつく人物が描かれているが、遥か彼方には冠雪した富士山の姿が遠望される。正に動と静、前景と後景、上昇と下降（波動）等両極が併存しており、時間が空間に転位する瞬間を見事に表現していると同時に、人知を遥かに超越した大自然の力の表徴でもある。瞬間が永遠に繋がるインパクトの強い作品の代表例として古今東西の芸術家に大きな影響を与えた。ドビュッシーの交響詩『海』の初版スコアの表紙デザインには北斎のこの作品の波の部分が採用されており鋭敏な感受性の持ち主であったドビュッシーが受けた衝撃と感

◀葛飾北斎／神奈川沖浪裏　1831年頃

動の大きさを物語っている。

　クラシック音楽の極致を極めたモーツァルトの作品の特徴の一つである意表を衝く鮮やかな転調による時空転位にも両極の存在が感知される。モーツァルトの『ピアノ協奏曲第23番』イ長調K・488（1786年）。陽春の光に包まれたように明るく伸びやかな第1楽章（イ長調）に続く第2楽章のアダージョは、嬰へ短調に転調して秋の夕暮れを思わせるメランコリックな陰りが支配している。そしてフィナーレの第3楽章では再びイ長調の明るい世界に戻りフルート、クラリネット、ファゴット、ホルンといった管楽器とピアノが自由自在に対話しつつ、さながらピアノと管楽器の為の協奏曲のように晴れやかな気分の中に終止する。外向的で優美な第1楽章と愉悦感の横溢する第3楽章とに挟まれた第2楽章の内省的なモノローグから構成される本作は、「光の中に影があり、影の中に光がある」モーツァルトを代表する傑作である。

更に本作より7年位前の1779年頃に作曲された『ヴァイオリンとヴィオラのための協奏交響曲』変ホ長調K・364の正にシンフォニックな第1楽章と明るく生気に満ちた第3楽章に挟まれたハ短調の第2楽章の沈潜した響きの中にはモーツァルトの心情が吐露されているようで聴く者の胸を打つ。

感情の両面である喜びと悲しみが重層するモーツァルトの音楽について作家の辻邦生はこう語っている。

「モーツァルトは死を知っていた。あれほどまざまざと死ぬ運命を知りながら、どうして快活な魂を失わず、死の間際まで素晴らしい作品を書きつづけることができたのか。おそらく彼は地上の歓喜が死よりも強いことを知っていたにちがいない。だが、地上の生が、死によって有限であるゆえの至福であることも心得ていた。モーツァルトの悲しみの調音はそこから生まれている。悲しみがあるからこそ歓喜もあるという彼の透徹した生き方……」。

祈りのように深い瞑想や静謐な抒情の流れの時空から一転して凶暴かつ破滅的な響きが炸裂する時空へと聴く者を拉致するショスタコーヴィチの音楽の魅力もまた「両極を往還する劇的なダイナミズム」にある。

眩いばかりに壮麗な時空や静謐を極めた時空が重層・交錯し、魂を震撼させる芸術には両極が内包されており、両極を揺れ動く時空の表現において卓越したモーツァルトとショスタコーヴィチの音楽は芸術作品の本質を衝いており、私が惹かれる所以である。

『ゲルニカ』と俳句――両極を超越するもの、瞬間と永遠

勝間田弘幸

『ゲルニカ』の対角線を猪（しし）走る　朝吹英和

パブロ・ピカソ（1881〜1973）はキュビスムという立体派に精通した画家です。『ゲルニカ』という作品では中央上部左側に裸電球のような謎の光を配することで、より空間的な表現に繋がっているように感じます。更に謎の光の右下にはしっかりと握られた心の灯とも思えるランプを頂点として大きなピラミッド形の三角構図が見えます。実は、私はこの作品の写真をアトリエの壁に貼って毎日挨拶するように見てはいたものの「対角線」のことは殆ど気にしていなかったのです。ところが、掲句に出逢えて対角線を意識して見るとビックリ!! 今迄には見えなかった世界が見えてきたのです。画面全体を貫くような対角線が形を通してうねるように見えてきたのです。対角線が交差するとXという形になります。このXという形について2つのことが気になりました。1つは戦争に対する全面否定（×印罰点）と、もう1つは謎という意味合いを孕んだXという文字です。この『ゲルニカ』という作品が孕んでいる謎とは、この対角線に匿されているのではないかと気付かされたことでした。謎の光の下で悲鳴を上げているような馬のボディが丁度、対角線の交差する位置に近く、馬の首の付け根附近から垂直に立ち上がっている直線に

より、右側は明を左側は暗を暗示しているようにも感じられます。斜めの線というのは平面の場合、奥行きを感じさせてくれる有力な手段であること。私が謎の光によって直感的に感じた奥行きとしての空間表現の裏には意識していなかったにせよ、この斜めの線の作用が何らかの影響を与えていたように思えてきたのです。先ず、右下から左上に向う線のイメージはメランコリーで、左下から右上に向う線には快活で壮快なイメージがある。これは右利きとか左利きに関係なく感じられる共通の作用のようですが、『ゲルニカ』の場合、右下から左上に向ってゆく対角線が射抜く頭部は哀しみに打ちひしがれる牡牛とその下には我が子を抱いて絶望的な悲しみに絶叫するような母親が描かれています。左下から右上に向ってゆく対角線上には、やはり絶叫するような人が描かれています。その顔の真上に描かれた白色の四角に凹んだ部分は、ひょっとするとこの閉ざされた空間から開かれた空間に通じるツールとなり得るかもしれません。苦しみの絶叫が希求する開かれた空間世界に通じて、そこから脱出できるキッカケとなる頼みの窓口のようにも見えてくるのです。（この凹んだ部分を打ち壊すことができれば……この絶叫している方の拳固では無理だとしても勢いのある「猪」であれば可能なようにも思えてきます）

又、画面中央右上から伸びた人の手に託された唯一の心の灯と名付けたいランプの先端の上から右下に下降する力強い斜めの線は左下から、か細いけれども徐々にせり上ってくる線と合流して中央に安定したピラミッドを築こうとしています。まるで両極を孕んだ対角線の交点を隠すかの如くこの絵の頂点へと君臨しているが如くであります。ゲーテは確か、この世で最も貴い光は自己の内側から発する光であると云っていたように記憶していますが（私の解釈では愛が発する輝きのことを語っているのだと考えます）、この灯を掲げている手の女性は一説によるとピカソの恋人であるマリー＝テレーズらしいのです。1936年故国にフランコ将軍がドイツのヒトラー、イタリアのムッソリーニと組んで内乱を起こし、1937年4月26日に、誰もが予想だにしなかったドイツ軍によるバスク地方の田舎町・ゲルニカへの無差別爆撃が強行されました。この時期にはピカソの周辺でも、のちの恋人になるドラ・マールが現れたり、最初の妻であるオルガとのあいだが片付くか片付かぬかのうちに、マリー＝テレーズに子供が生まれるなど、新しい関係が始まります。妻オルガ母子とはもちろん、マリー＝テレーズ母子とのより新しい関係にも亀裂ができ、きわめて複雑なトラブルを生みました。その主要な原因がピカソ自身にあったことは間違いない訳ですが、時にはピカソの前でマリー＝テレーズとドラ・マールが取っ組み合いの喧嘩（格闘）をしていたというのですから、目玉が三角や四角や星形に見えたとしても不思議ではなく、無理のないことなのだと絵を見て思ったことがありました。ピカソは絵について「私は自分のこの眼で実際に見たもの感じたもの以外を描いたことは一度もない」と語っています。

そして私は、猪が対角線上を縦横無尽に駆け巡るこの異様な画面空間、この閉鎖された空間から如何に脱出するかが、今回猪に課せられた任務の一つのようにも感じました。その任務は様々な形象と現象を捉えてゆく中で、そこに潜む両極を超越するべく極致点なるものを見出すことにあるのではないかと思えてきたのです。いずれにしましても、画面の左側中程に居るのがオルガ母子であろうか、中央右中程で灯を覗き込んでいるような仕草をしているのが写真家で知性派のドラ・マールでしょうか。その上が優しくピカソに従順だったマリー＝テレーズでしょうか。そうとらえるとピカソは妻たち両方共、そしてオルガも必要だったようです。そのピカソはそれではどこにいるのでしょうか。左上の雄牛かその右の雄馬か、はたまた左下にギブアップして横たわっている男でしょうか。右手には折れた刀を持ち、左手の平にはなんとも謎めいた形の暗号文のような描線が刻印されているようにも見えます。でも私がふと思ったのは、どうもピカソの意識はこの絵の対角線の交わるX点にあるのではないかと。おおよそ宇宙の我々が生息している地球の有り様とは、例えば太陽の光に対して陽光と影があるように必ずと云ってよい程、陰・陽とか善・悪とか＋－、ＮＳ……ｅｔｃと両極を内包しているように思えるのです。対角線上に配される上下・左右という両極もしかりで、その要がX地点ということになりますが、ここに両極を超越するべく極致点なるものがあるのです。アルファベットのXという形は左右を各々に伸ばしてゆくと∞という形になります。クロスした地点Xが瞬間だとすると∞は永遠を表していますが、この瞬間的で且つ永遠的なものとは感動ではないでしょうか。感動は突然起こり、一目惚れと一緒で一度見て相手に惚れてしまう、それは両極を忘れてただただ心を奪われてしまうという、恐らく愛という名のエナジーの引き起こす神技なのだと思われます。人生を振り返ってみますと、大感動の記憶は機会ある毎に甦ってくるので、生ある限り永遠に続いてゆくエナジーではないかと思われます。モーツァルトが表現する音楽の、例えば長調から短調に転調される間（休符）についてピアニストの神谷郁代さん（１９４６～２０２１）は「音のない音楽」なのだと仰っています。１９９１年、ＮＨＫ・ＦＭで放送された「モーツァルト劇場」の中での話ですが、「長調、短調（未来・希望を感じる）それだけではなくて、もっと深いところにモーツァルトの本質があるのでは」ということでした。『ピアノ・コンチェルト№20』ニ短調Ｋ・466の全曲演奏の後、「間の極致」というテーマで第2楽章のアダージョを弾き語りで解説してくれた訳ですが、私にはこの「間の極致」についても両極としての長調・短調を踏まえたX地点なるものがあるのではないかと思えるのです。この謎めいたXという英語のアルファベットの文字の形は、一体どこから来たのか知りたかったのですが、現在分かっているのはアルファベットはフェニキア文字から来ているということでした。その頂いた情報を調べたところXは「記号」という表現ではあっても数式とか遺伝子の染色体などにも使用され重宝がられていると思います。私が中学で初めてアルファベットに出逢った時感じ、未だに想っているのはW・X・Yが女性のボディを連想させるということです。上から並べるとXは丁度お臍に当たります。インドではヴィシュヌ神のお臍から蓮の花が生まれたと伝えられ、胎児は臍の緒で母体と繋がっていますし、Xを45度回転させると横軸が時間で縦軸が永遠を表しているという十字になります。いずれにしても、Xとは交わる形なのです。日本のある地方では道の交差点に履き物などを置く風習があるとテレビで見ましたが、その訳は交差点の四角いエリアは次元が違っているのだということでした。更に遺伝子の染色体について女性をXXで、男性をXYで表すという記号として使われていることなどを思うと、増々謎深しというか神秘的な音色を放っているように感じられます……。この度はなんとも貴重な朝吹氏の掲句に触れることができ、日々心の奥底に沈殿してゆくドロドロしたダーク・グレイの色素が、一気に光の虹に引き上げられるような感動を頂きました。

その後の句会で朝吹氏の「『ゲルニカ』を突き抜け仰ぐ初御空」に出逢い、触発され、励まされ、心残りだった消し炭に又赤々と火が灯る思いで続きを書きたくなりました。

ゲルニカの画面右上にある四角い凹みが「閉ざされた空間から脱出できる頼みの窓口で勢いのある猪であればぶち壊すことが可能では」と記しましたが、更に『ゲルニカ』を突き抜けるという掲句のスケール感は単なる壁のある部屋やゲルニカの町の空間をも超え、国の境も超えて、人類とか、生きとし生けるものの全てが仰ぎ見る事のできる初御空であって欲しいと請い願っているように思えてきたのです。

初御空とは、須弥山の頂きで生きとし生けるものたち全てが仰ぎ見ることのできる空です。須弥山には愛という名の神が鎮座しているのです。

数多くの「決まり」や「縛り」によって成り立っている社会の中で生きて居ると掟、法制、常識、規範、不文律、戒律……等によって雁字搦めに捉えられていることに中々気が付かないものです。先ずは、そうした自らの姿に気が付いて「決まり」や「縛り」を打破し取り払うことから初御空を仰ぐキッカケが生まれるのではと思いました。

更に拙作『月下美人Ⅰ』のイメージに通じる朝吹氏の「血の池を跳び越す白き狐かな」に出逢い、触発、励まされ、矢張り心残りだったもうひとつの消し炭にも火が灯きました。それは、制作過程ではあったとされる『ゲルニカ』の画面左上の牡牛の目の下に、ピカソが紙で作って貼った「ひと粒の赤い涙」のことでした。

ピカソの恋人で写真家のドラ・マールは、パリのカフェで出逢った失恋の悲しみに暮れていた青年パルドをピカソのアトリエに案内した所、パルドはピカソがパリ万博に出展する制作途中の『ゲルニカ』（彩色した紙などを貼ったコラージュの状態）を見て魔法を掛けられたかのように一瞬で岩の如く固まってし

まったと聞きます。（原田マハ『暗幕のゲルニカ』／新潮社刊）

この「ひと粒の赤い涙」が実在したのかは謎ですが、私もモノクロームの作品『花ふふむ（蕾）』の中に赤い蕾をひとつ入れることで作品がまとまってしまうことを経験しました。

従って、ピカソが「ひと粒の赤い涙」を外して、この作品を未だ完成ではなく、現在進行形で時空を超えて臨機応変に対応すべく、変容可能な態勢のままモノクロームにしたのであれば、それはピカソの見識だと思いました。

悲しみや苦しみの絶望の中では、目頭が熱くなり熱き涙が溢れて外界はぼやけて見えなくなります。瞼に溢れた涙が凹面鏡になり、自己の内側を見つめる時、心の奥底に愛という名のエナジーが芽生えていることに気付かされます。祖父が亡くなった後で、「涙は自己を見つめる凹面鏡である」と実感し、これを自分の墓碑銘にしたいと思いました。

森羅万象の距離感を感知する為に具わっている我々の左右にある目は、そのまわりを繋ぐと∞の形になり、対角線の交点Xが丁度、目頭に当たります。

カフェでのドラ・マールとパルド、アトリエでのパルドとピカソ等の「コラボレーションの輪」はまるで「古池や蛙飛び込む水の音」の蛙が飛び込んだあとの波紋のように、何処までも広がってゆくようです。『ゲルニカ』の牛や馬も、猪も、月下美人や白狐や猫も……須らく生きとし生けるものすべては人間と一緒に繋がっている事を改めて実感した次第です。

第Ⅴ章　精神風土

『はじまりⅢ』――心の亀裂、一筋の光明

勝間田弘幸

母が他界してから心に感じた亀裂が、心の奥まで広がってどうにもやりようがなくなった時、この亀裂を絵に描こうと思いつき、1作目は小品で始めました。作品の中の亀裂を画面中央に縦方向に持ってこようと、先ずは画面全体を黒色で塗り潰し、数㎜幅の亀裂が黒色で残るように左右に燃えるような赤色を走らせたところ、丁度赤色から黒色へと左右に広がってゆくような不思議な壁のようなものができたのです。

恐らく真暗闇だけでは余りに惨めなので、心のどこかで命の炎が燃えているような真赤な対極の色を希求していたのだと思います。亀裂の黒色だけでは壁の面のように感じられて、絵の命であるところの奥行感が感じられなかったのですが、それでも亀裂の闇と対峙していた何日目かに、亀裂の暗黒の闇の向こうから、一筋の光明のように灯火がかすかに灯っているように感じられたのです。これは有難いと感謝の気持ちが湧き、諦めないで対峙してきて良かったと思いました。亀裂の上部のところにこの光明を、温もりを感じるような白色でボーッと灯るように描ければ、問題の奥行きを感じさせることができると、やっと希望が見えてきました。母に合掌しました。

『はじまりⅢ』はこのシリーズの3作目になり、この象が気に入っています。そして亀裂の両端の赤黒の壁のような象が左右に開かれてゆくようにも見えてきたので『はじまり』という画題にしました。

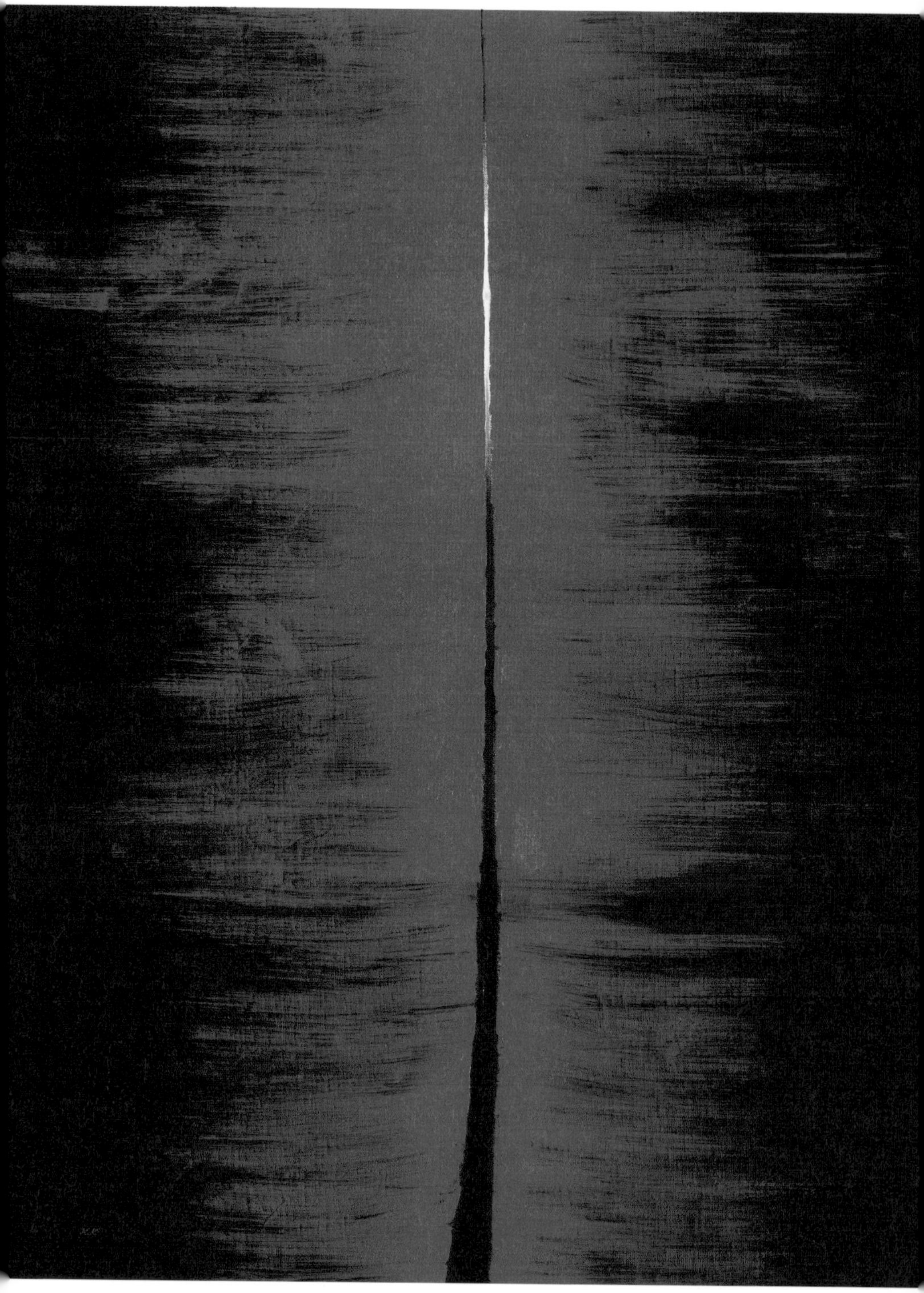

芸術の源泉にある魂の震え――『はじまりⅢ』について

朝吹英和

本作を拝見しての私の第一印象は、黒バックに赤い炎のような波動が左右に走り、中央には鋭く垂直に亀裂が入っている印象的な作品であった。そして亀裂上の方の先には明るく白で抜けた空間が感知され、『古事記』や『日本書紀』に記載されている日本神話の「天の岩戸」が真っ先に思い浮かんだ。また太陽神である天照大神からの連想として闇夜を照らし出す荘厳な日の出、取分け初日の出の光景も想起された。勝間田氏の制作のプロセスを拝読して私が印象深く思った白く見える空間に氏は光明を感じ取られたとの事。絵画から伝わって来るエネルギーの源泉には他界された天上の母への思いが籠められているものと得心した。須らく優れた芸術作品の源には魂の震えが存在している。

御来光神獣鏡を照らすなり　　朝吹英和

天鏡の亀裂を抜けし初燕

青銅の巨人の盾や初明かり

初明かり鎧鼠を刺し抜けり

彗星の消えし虚空や初明かり

『昼食Ⅱ（雀ちゃんと一緒）』――雀への感謝とお詫び

勝間田弘幸

子供の頃にやっていた事なのですが、赤レンガを４つ組み合わせて内１つは斜めに蓋をするように、割り箸を短くつっかえ棒にして配置し、中にお米を入れて置きます。雀がつっかえ棒の奥にあるお米を食べようとして、斜めの隙間から入ろうとする時に羽根が棒に当たったりすると、レンガが外れて蓋をされ、雀を生け捕りにできるのです。こうして捕まえた雀に直に触れる私のドキドキ感と、捕まえられた雀のドキドキ感とが相俟って心ときめいていたのを想い出しますが、大人になって大変申し訳ないことをしていたのだと償いの気持ちが芽生えて来ました。その償いの気持ちを一体どのように表したら良いものか、思案に暮れていたのですが、純粋にお米をあげることで幾らかは雀に対して償いになるのではないかと思い、２階の雨戸の敷居にお米を播きました。やがて下から蔦が窓の手摺り一杯に絡み付くようにぼうぼうに茂り、覆い尽くされたフワフワの葉の上にＡ３判程のベニヤ板を載せることができるようになりました。それを見て今回の作品のお米播きについてアイディアが生まれたのです。ただ、ベニヤ板の上にお米を播くだけでは面白くないので、雀がお米を食べながら動く足跡を残すことはできないものかと考えました。そこで、ボール紙にローソクの炎から出る煤（カーボン粒子）を付けて、雀が動くことで煤が取れて足跡で面白い線を描いてもらおうと思いつきました。ボール紙に煤による抽象形が生まれ、その上にお米を播く

◀昼食Ⅱ（雀ちゃんと一緒）　２００５年作

事によって雀と私のコラボレーションになりました。後に個展でこの雀が描いてくれた線を見た水墨画の大家は「これは雀描法ですね」と仰ってくれ、有難いと思い雀に感謝の気持ちをお伝えすると同時に、今度は嘴と足が煤で汚れてしまったことをお詫びしたのです。

対象への愛情――『昼食Ⅱ（雀ちゃんと一緒）』について

朝吹英和

本作は勝間田氏の一連の作品とは趣が異なっている。煤を付けたボール紙の上に雀の餌として米を播いて雀が摂食する際の足跡を作品に仕上げたものであり、周囲を警戒しつつ餌を啄む雀の緊張感や生態を想像する事が出来る。

子供の頃、誰しも昆虫採集や公園の池等でのザリガニ釣りから海や川での釣りなど生き物を捕まえる事に夢中になる時期がある。私も庭先に来る雀を捕まえようとして仕掛けを作った事がある。勝間田氏はレンガを使ったとの事であるが、私は重石を載せた大きな笊を紐を付けた割り箸のつっかえ棒で支え、笊の下に米を播いておく仕掛けであった。長めの紐の先を部屋の中から握って獲物の到来を待つ。やがて雀がやって来て笊の下に入った瞬間に紐を強く引っ張ると笊が落ちるのであるが、敏捷な雀はあっという間に笊の下を潜って飛び去る事が多かった。それでもタイミングが合えば雀の捕獲に成功する事もあった懐かしい思い出である。勝間田氏の作品には雀の事を雀ちゃんと呼び、健気に生きる雀に対する愛情の籠った眼差しが感知される。

雀の子そこのけそこのけお馬が通る　小林一茶
我ときて遊べや親のない雀　小林一茶
前向ける雀は白し朝ぐもり　中村草田男

『縄文の舟』――縄文人の精神風土

勝間田弘幸

縄文の舟分け入るや稲の波　朝吹英和

縄文時代は一万年以上に亘って続いた文明であると考えられ、その誕生の早さと継続した時代の長さの両面で世界的にも類例がないとの事です。（ルネサンスVol.７田中英道監修『「日本」とは何か「日本人」とは何か』／ダイレクト出版刊）

今までは世界４大文明（メソポタミア文明・エジプト文明・インダス文明・黄河文明）が全て農耕牧畜民族であったのに対して、縄文文明は狩猟採集民族なるがゆえに貧しく、不安定な生活を強いられていたため高度な文明が生まれる筈がないと断定されて来たそうです。ところが、今から１万４０００年も前に縄文人は世界に先駆けて土器を使って炊事を行い、自然の恵みを採集するだけでなく栗の木の栽培まで行っており、他の文明と比べても豊かな生活を送っていたことが判明しました。更に驚くべきは見事な装飾を施された火焔型土器の存在です。これほどデザイン性の高い火焔型土器が５３００年から４８００年前に作られたという事は、当時の我が国に既に高度な精神世界が存在していた証拠であり、私たちの祖先は見事なアートを創造していた訳です。また、異形の女性を象った土偶について田中氏は「近親相姦による異形の人々を見捨てることなく神として畏敬し崇拝していたのではないか」と述べています。時代の流れの中で近親相姦はタブーとなり異形神は自然神として風神・雷神等の現象神、蔵王権現等の山の神、或いは鬼や天狗といった民間神へと変貌を遂げていったとのことです。

米国の哲学者ケン・ウィルバー（１９４９〜）は農耕の始まりが人間の生活に与えた影響はとても大きかったと言っています。それまでの日々の食糧確保に追われた「その日暮らし」だったのに対し、農耕による食糧備蓄が可能となったお陰で時間的にも精神的にも生活に余裕が生まれ、食糧確保のために費やしていた時間を自由な時間に振り向ける事が可能となりました。「明日」という概念が誕生したお陰で将来の事を志向する習慣が生まれ、あれこれと想像を巡らせた結果、「創造」という行為にまで辿り着く事が出来たのです。私は朝吹氏の冒頭の俳句に接した時、２００８年に制作した『麗しき稲妻（稲穂Ⅱ）』の事が思い浮かびました。縄文文明の堆積された歴史的変遷の気の遠くなるような時空に遡って分け入ってゆくことは大変ですが、稲の波に乗って縄文人が弥生の舟に乗り移るまで殆ど戦の痕跡も見当らずに、弥生人たちも快く受け入れて仲良く出来たことは日本の誇るべき精神風土だと思います。

縄文時代の火焔型土器ひとつとって見ても、おおらかな文明であったが故に争い事の必要が無かった事が、心豊かな生活が永続出来た理由なのかと思い、ここにも大自然と人間との「梵我一如」の世界が宿っていたのだと思いました。

和久井幹雄さんによる鑑賞文――――朝吹英和

掲句を収録した私の句集『光陰の矢』の解説を執筆して頂いた「新宿句会」の和久井幹雄さんによるご鑑賞文を転載してご紹介したい。

「掲句は筆者が句会において真っ先に天賞にいただいた句である。掲句を見たとき、一瞬にしてある景が立ち上がって来た。筆者が以前、壱岐の曽良の墓を訪ねた折に立ち寄った

『一支国博物館』の屋上から見た『原の辻遺跡』の原風景が想起された。大規模な環濠集落の河川の流域には一面に水田が広がっており、縄文の舟が稲穂の中に分け入るといった景であり、正に魏志倭人伝の世界が再現されていた。掲句を見たとき読み手が一瞬戸惑うのは『縄文の舟』は縄文時代であり、『稲の波』は弥生時代であり、縄文時代と弥生時代が入り組んでいるのでは、ということである。縄文の舟は縄文時代の舟を指すこともあるが、一般的には丸木舟のことであり、ここは素直に丸木舟と捉えたい。

『分け入る』という言葉からは、反射的に山頭火の《分け入つても分け入つても青い山》が思い起こされ、『分け入る』と『青い山』の結び付きは強固であり、切っても切れない関係になっている。中七の『舟分け入るや』という措辞には、正直意表を突かれた。『分け入る』の固定観念を打ち砕くもので、今までにない斬新な表現に脱帽した。

先日、北海道白老町に新たにオープンした『国立アイヌ民族博物館』を訪ねて来た。敷地内にある湖で、丸木舟の操舟実験をしていたが、波紋も立てず、音もなく湖面を颯爽と進む姿には感動すら覚えた。縄文の舟が稲穂の中を分け入って進んで行く景は、豊穣感に満ち溢れており、大変スケールの大きな句であるといえる」。

掲句誕生の源泉には私が土器等縄文時代の優れた芸術作品に触れた時の感動が存在していたことは間違いがなく、改めて気候風土や自然に恵まれた我が国に蓄積されて来た先人達の精神的遺産を有難く思った。

『縄文の舟Ⅰ』・『縄文の舟Ⅱ』――甦る縄文の記憶・DNA

勝間田弘幸

都会のど真ん中にいても夜の公園など一人で歩いていて樹々の葉が風にざわめく時、背中にゾクゾクという恐怖感を感じることがありますが、これは縄文時代とか狩猟をしていた頃のいつ襲われるかも知れないという恐怖感が、DNAを介して現代人にも受け継がれているためと思われます。この『縄文の舟』を絵にするときに思ったことは、私の無作為、無心願わくば無意識から生まれた形に縄文時代という私なりの気配やカケラを感じ取ることができるか否か、ということでした。そして幸いにも作品を通して、私が感じる縄文という形に出逢えたと思いました。

縄文文化は、土偶などから推察すると現代人と比べ、妖精や人の心、魂など遥かに良く見えていたのではないかと思われる節があるのです。特に抽象的な形における直観的な理解が言語のない世界で既に発達していたのではないでしょうか。相手の眼を通してその心を読み取るように。『縄文の舟Ⅰ』ではこの抽

▶縄文の舟Ⅰ　２０２２年作

象的精神世界に具体的な舟を浮かべても違和感はないように感じました。

また、アイルランドのケルト人が紀元前５０００年頃に、巨石に星の光の点を、膨張と収縮を宿している渦巻というこれ以上は望めないであろう究極の形の表現として刻み込んでいたように、縄文人も星の光の点にロマンを感じて、それをどのように伝えるか、表現するかに心ときめかせていたのではないかと思います。ゴッホや縄文人に感じた、その感動を形にしたのが『縄文の舟Ⅱ』になります。更に縄文人は地上で起る竜巻にもその強大なエネルギーと自然への畏怖の念を抱き、豊穣を齎してくれる雨にも感謝の気持ちを捧げていたのではないでしょうか。又、縄を火焔型土器や土偶などに押し当てて独特の文様を刻みつけていますが、縄は星の光の点や竜巻の渦巻にも通じるDNA、RNAのような螺旋を発想させます。藁の繊維を何本も螺旋状に縒ってゆくことで縄になる。この方法を編み出した縄文人の叡智と創造力に縄文のエキスのひと雫を入れたカクテルで乾杯しましょう！　因みにラスコーやアルタミラの洞窟壁画は、口に染料などを含んでペッペッと吹き付けるように描線を描いたと云われていますが、これは「正しく人類最古の録音である」と日本オーディオ協会副会長でありました森芳久氏が熱っぽく語ってくれましたことも懐かしく思い出しました。

▲縄文の舟Ⅱ　２０２２年作

闇を抜け矛盾を克服する力

朝吹英和

『緋色の刻・蝶々』に続いて勝間田さんが拙句の世界からイメージを膨らませて作画して下さった作品である。1万数千年前に遡るとされる縄文時代の火焰型土器などを初めて見た岡本太郎は「心身がひっくり返るような衝撃を受けた」と縄文土器の発する強烈なエネルギーに圧倒され、氏の創作活動の源泉となった。火焰型土器の燃え盛る焰や強烈なパワーを感じる渦巻状の文様は厳しい自然環境の中で生活してゆく人々の原動力の象徴であり、実用性を超えて芸術性を兼ね備えているその造型は縄文人の精神風土の顕れではないかと思う。

『縄文の舟Ⅰ』にはそうした縄文人の精神風土を髣髴とさせる力強さと、舟の舳先をイメージしたフォルムが混沌の闇を抜けて光明の世界を目指してゆく精神の垂直性を感じた。

『縄文の舟Ⅱ』では漏斗雲や竜巻を想起させるフォルムから世界を取り巻く矛盾やおどろおどろしい心象の闇をイメージする事が出来た。拙句から創造力豊かに描かれた対極の世界。モーツァルト、北斎、ゴッホ、ショスタコーヴィチ、そして現代の絵画作家である勝間田弘幸に至るまで……様々な矛盾やプレッシャーに苛まれた世界の中で先達の遺産に敬意を払い、「自同律の不快」をベースとした克己心と反撥するエネルギーが優れた芸術を生む原動力であることを本作に接して改めて確信した。

『麗しき稲妻（稲穂Ⅱ）』――八雷神／両極の狭間

勝間田弘幸

雷を起こす現象を示す神として、神話『古事記』には八雷神（やくさのいかづちのかみ）が登場します。雷神信仰は、落雷から身を護ってくれる神様として、雨を齎す稲作の守護神として雨乞いなどで祀られることが多いとされ、雷のことを稲妻とも申します。稲と雷がつるむことで豊穣に繋がる不可欠な雨を齎してくれる誠に有難く心優しい神なのだと思います。

しかし、実際の雷の持つ光と音は空気中の窒素に光が衝突することでジグザグに枝分かれして、あたかもこちらに襲いかかって来るのではないかと思えたり、バリバリ、ゴロゴロという凄まじい大音響に怖れを感じてしまいます。大自然への畏怖の念と、雨をもたらしてくれる稲作の守護神への感謝の気持ちという、両極の狭間を表現したいと考えたのが本作です。稲穂の米粒の籾殻の先端である剣と、稲妻の光が一直線上に虹色に麗しくキラキラと輝きながらつるんでいる形でした。この時は意識的に作為をもって稲妻に対する社会通念を変えたいという意欲がありました。

個展に展示した時に、画家の木村忠太のコレクターであるという方が「この作品は東洋哲学だ」と仰って作品を購入してくださり、嬉しく思いました。

ヴァイオリニストの巖本真理さん（1926～1979）は雷の大音響のフォルティシモに感動して、

雷が鳴ると裸足で外に出てしまうと聞いたことがありますが、この凄まじい行動に芸術家の激情を感じてしまいます。恐らくヴァイオリンを携えてのことと推察します。彼女は、ブラームスの『ヴァイオリン・ソナタ第1番』ト長調（雨の歌）がお好きだったようですが、もしも雷の大フォルティシモの中でヴァイオリンの即興演奏などを聴くことが出来たら、それこそ天にも昇るような極上の気持ちになるだろうなと想像しました……。彼女が昇天した後の追悼会で、バックに流れていたショスタコーヴィチの『弦楽四重奏曲第15番』変ホ短調のアダージョは、弓矢のようにキューンと直進する音魂がクレッシェンドしてゆくのですが、各々の楽器がこの音形を何回か繰り返すことで音魂が重なったり交差したりして神秘の衝撃波を感じました。という訳で、作画についての話が雷のようにあちこち枝分かれしてしまいましたが、雷様

▶麗しき稲妻（稲穂Ⅱ）2010年頃作

に免じてお許し願いたく候でございます。

第Ⅵ章　精神のビッグバン

『勾玉日月図Ⅱ』——芸術と科学、両極と直観、愛のエネルギー

勝間田弘幸

日月の夢の通い路稲光り　勝間田弘幸

以前から「勾玉」が「胎児の形を模した」という説に興味を抱いていました。更に三木成夫『胎児の世界』（中央公論新社刊）では、魚の鰓呼吸から蜥蜴の肺呼吸を獲得するまでに約1億年の歳月を必要としたが、現代の女性の子宮の中では妊娠36日目の胎児の顔は魚であるが、37日目になると蜥蜴の顔に変容していると。ということはなんと1日で1億年を復習しているのだという指摘に感動しました。この超ウルトラ進化のことも気になっていた矢先に、勾玉セラピーをしている方が勾玉が2つ巴に合わさった図を描いてくださり、その形が『陰陽太極図』に似ていると感じ、陰を月に陽を太陽に見立てて作画することにしました。尚、俳句も始めた時でしたので絵の印象を俳句にしました。

日本の三種の神器に「八尺瓊勾玉（やさかにのまがたま）」があります。勾玉は縄文時代の遺跡から発見されたものが最も古く、形の由来については、「胎児の形を模した」・「魂の姿を象った」・「巴形を模した」・「月の形を模した」など諸説ありますが、頭の部分が日（太陽）を表し、尾の部分が月を表しています。この太陽と月が重なり合った形は大いなる宇宙を崇拝していたとされます。『出雲型勾玉』が出土した出雲の地では太陽と月に

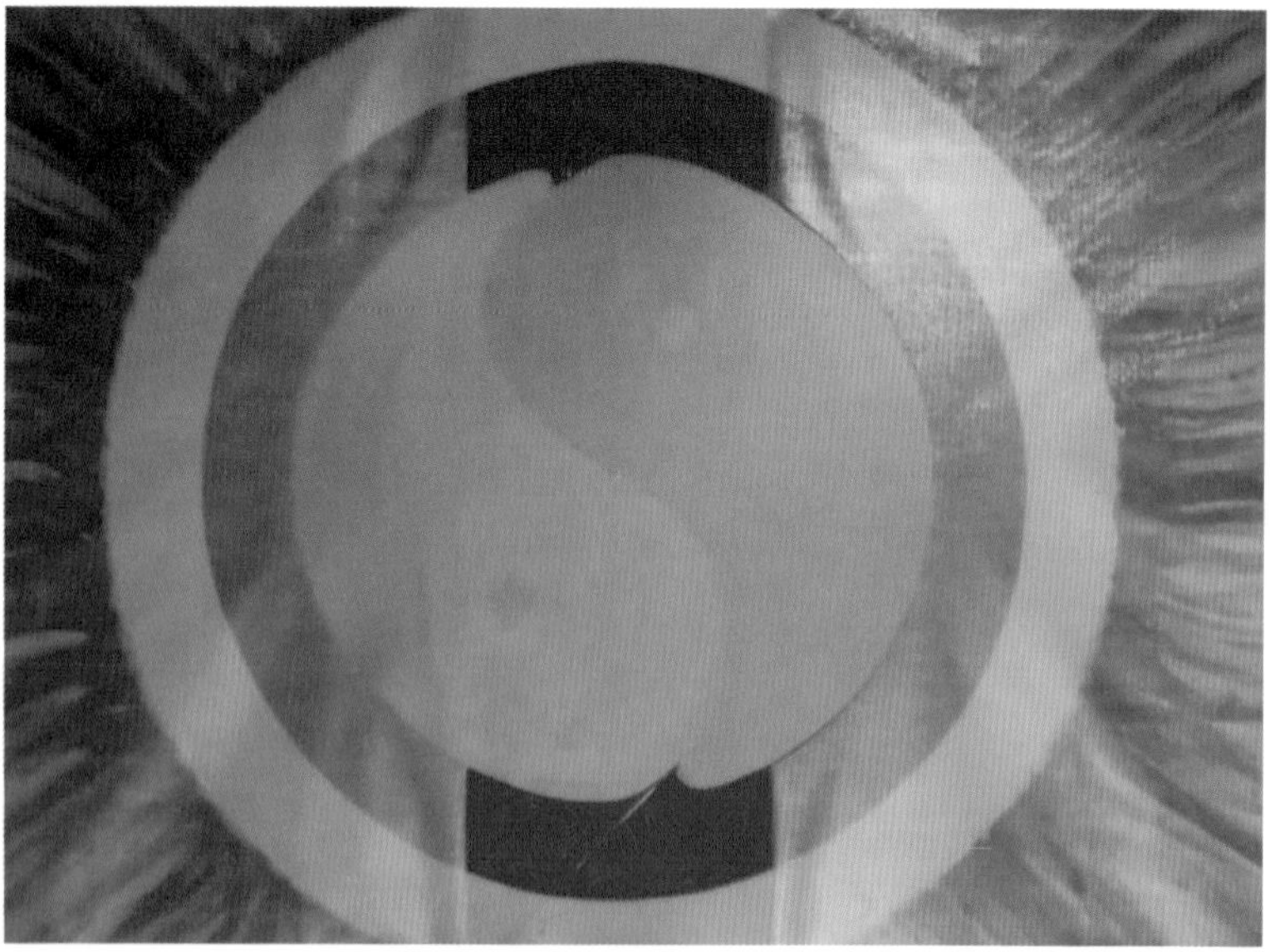

◀勾玉日月図Ⅱ　2019年作

加えて、2つの穴は先祖との繋がりを意味しているということです。和太鼓の鼓面には巴や3つ巴のような形が描かれていることがありますが、この場合は果たして太鼓に入魂ということなのでしょうか。

勾玉は装身具として翡翠、水晶、滑石、琥珀などによって作られ、古墳時代前期には初めて2個が背中合わせになったX字形の勾玉が発掘されました。飛鳥時代になると勾玉は神様を祀るために使われるようになります。奈良時代に編纂された『古事記』にも勾玉に纏わる神話が書かれるようになり、後には皇位を象徴する宝物となりました。勾玉は、スサノオノミコトがヤマタノオロチを退治したご褒美に玉作湯神社の神様から授けられたものと伝えられ、後にスサノオの姉神である天照大神に献上したことが「三種の神器」となった由来であると……。

勾玉が2つ巴に合わさった形『勾玉日月図Ⅱ』は中国の太極図に似ています。太極とは「易」の生成論において陰陽思想と結合して宇宙の根源として重視された概念です。『陰陽太極図』は白黒の勾玉を組み合わせたような図柄で、中国では魚の形に見立て「陰陽魚」と呼んでいます。黒色部分は陰を表して下降する気を、白色部分は陽を表して上昇する気を意味しています。

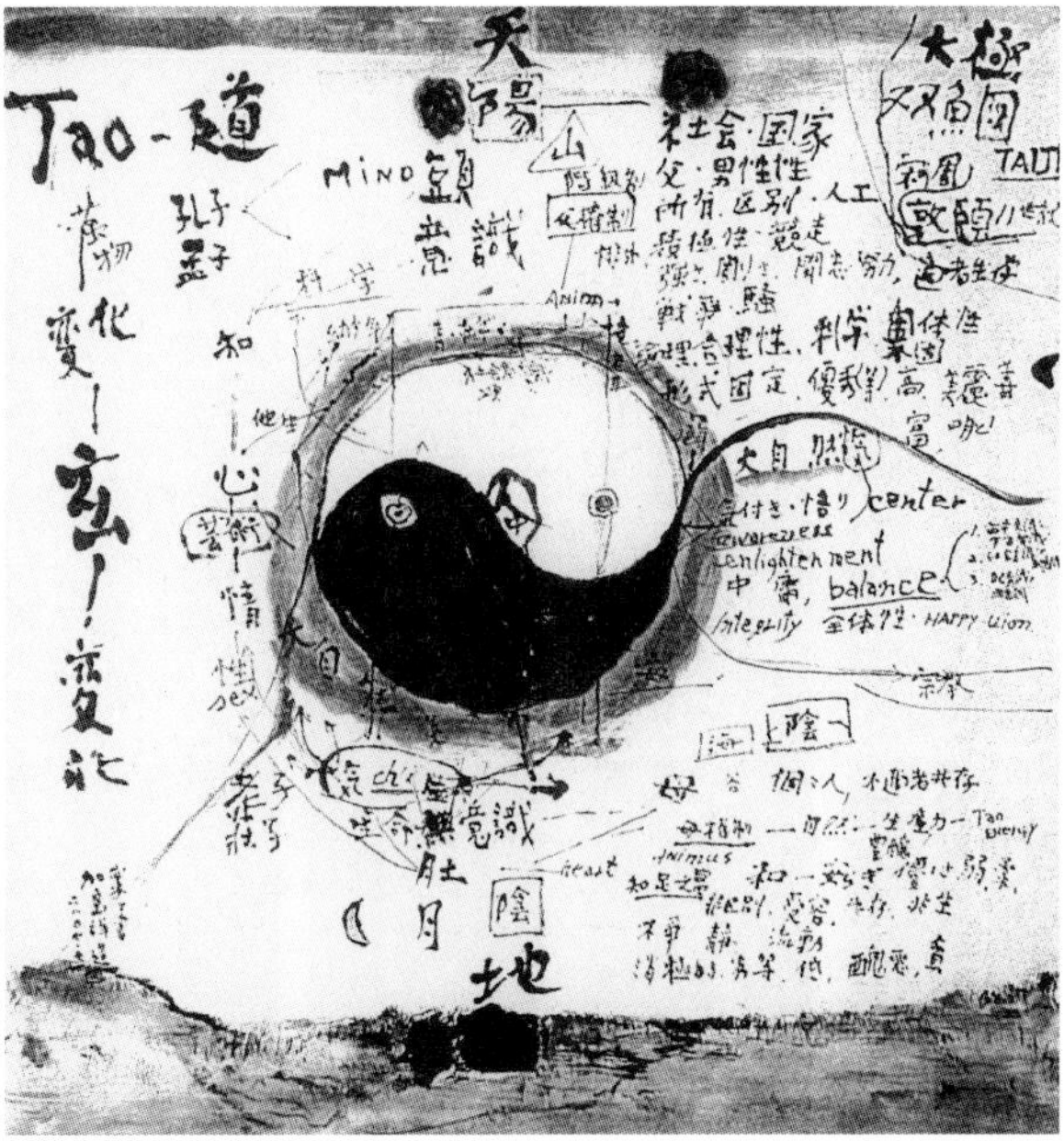

▶加島祥造／太極双魚図

中国の哲学では宇宙に存在する全てのものは「陰」と「陽」という2つの属性に分けられ、「陰」は夜の月のように静かで暗く冷たいイメージ、「陽」は昼の太陽のように動的で明るく熱いイメージです。夜と秋冬は「陰」、昼と春夏は「陽」、大地と女性は「陰」、天と男性は「陽」です。

『太極双魚図』の制作者である詩人で墨彩画家の加島祥造（1923~2015）によれば、上の白い魚が「意識」、下の黒い魚が「無意識」であり、対立と交流の関係を加えたものだそうです。

加島氏は、「陰」は母親を代表する力、「陽」

は父親を代表する力であり、両親から生まれた自分の中には「陰陽」の両方が存在、いずれかに傾斜しないようにバランスをとる事が大切だと述べています。アンバランスに気づくためには直観が役に立つとして、ひとりで林の中を歩いたり河の流れや鳥の飛び立つ様子、山の向こうに沈む夕日を見たりすることで自分がどこまでアンバランス（不均衡）であるかを直観する事があるとした上で、「他者や自分のことへの気配りを減らして、そのエネルギーを用いて自分の本来の願いに耳をすますといい。そして自分のなかのバランスがとれたとき、心が安らぐよ」と語っています。『陰陽太極図』に書かれた「陰」と「陽」の相対のすべてにバランスを見て、より大きく安らぐ道があると説いたのが老子でした。（紀元前5世紀末から紀元前4世紀前半の生まれと推定される）

テレビ東京の「新美の巨人たち」ではこの『太極図』のことは葛飾北斎（1760～1849）も知っていたのではと取り上げていました。

「浪図（男）」の上に「浪図（女）」を重ねるとS字形が見えてくる。このS字形を太極円の中に入れると『太極図』の原形が出来ます。創造の原点のような『太極図』を意識しての作画であったとしたら北斎は最晩年に究極の形に辿り着く境地にいたとも考えられます。『怒濤図』の波のひと雫が彼方の星の瞬きに見えて来るという何という奥行きの深い、瞬間的で且つ永遠的なテーマであることかと改めて北斎の偉業に敬服しました。

私の考えるゴッホは、この宇宙はスパイラルであると認識して向日葵の種の並び方、杉の枝葉の燃える炎のような渦巻形、星月夜の渦巻銀河を描き切った方だと思います。S字形は、螺旋・渦巻の延長線上に

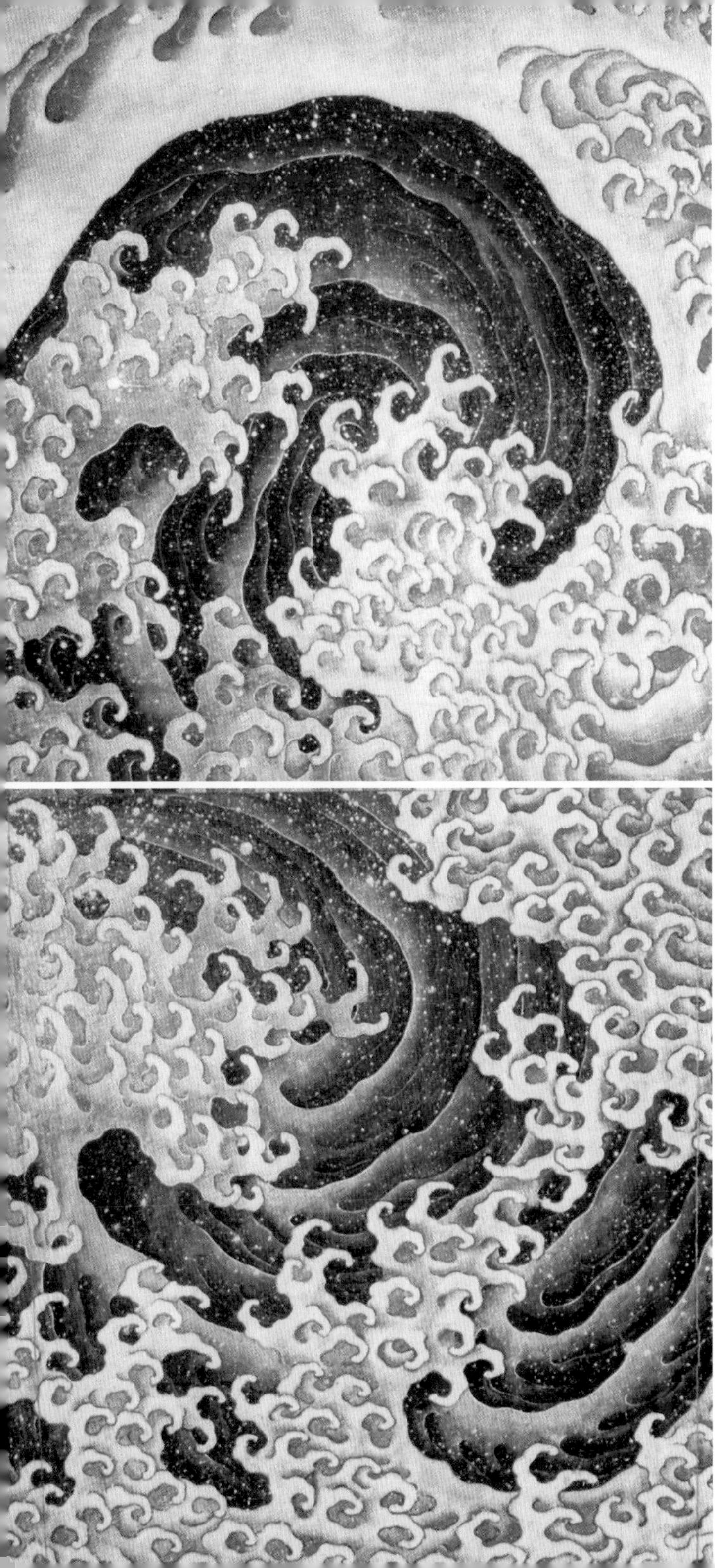

ある形で、人体であればミクロの遺伝子DNA・RNAのように、マクロでは鎖骨や膝の下の骨のように対になっていますが、この左巻と右巻のS字形を合わせると8の字形になります。更に立体化するとメビウスの帯にまで辿り着きます。テープを円形に繋ぐときに片方の端を180度反転して繋ぐと出来る「メビウスの帯」の形態は4次元を表していると云われます。偶々テレビで見た映画『博士の愛した数式』に出て

◀葛飾北斎／怒濤図　１８４５年作
（上・女浪図　下・男浪図）

きた世界で最も美しいとされる「等式」のことが気になりましたので、ご紹介致します。

「$e^{i\pi}+1=0$（無）数学者レオンハルト・オイラー（１７０７〜１７８３）の等式です。πは円周率で３・１４……宇宙の果ての果てまで続いてゆく数と、$i=\sqrt{-1}$。ルートは全てを包み込み、どの友人にも愛情を分け与えられるイマジナリー・ナンバー（虚数）で決して姿を現さない。厄介なのはｅネーピア数（無理数）で、イギリスの数学者ジョン・ネーピア（１５５０〜１６１７）の名を取っていますが、πと一緒でどこまでもどこまでも続いてゆくスパイラル状の数ｅのもとに無限の宇宙からπが来る。そして恥ずかしがりやのｉと握手する。彼らは身を寄せ合ってじっと息を潜めている。ｅもπもそのままでは決して繋がらない、でもね一人の人間がたった1つだけ足し算（＋１）をすると世界は変わります。矛盾するものが統一され＋1＝0（無）に抱き止められます。無関係にしか見えない数の間に自然な繋がりを発見しました。これはねえ暗闇に光る一筋の流星……これが博士の愛した数式です。夜空に光る星の美しさ、野に咲く一輪の花の美しさ……そう云ったことを説明するのが難しいように数式の美しさを説明するのも難しい。僕だってわからないことばかり、でも博士は感じることが大切だと教えてくれました。君たちも直観を研いて豊かな感情を育てて下さい。この美しさは必ず感じられる。その為にも数学に愛情を持って一緒に努力して欲しい」

ここから先は私の勝手な推測ですが、ｅはネーピア数（無理数）で、スパイラル状にどこまでもどこまでも続く老子の云うところの谷神。πは「メビウスの帯」の原形（円周率）で宇宙の果ての果てまで続いてゆく数。ｉは$\sqrt{-1}$（虚数）で全てを包み込み、抱いてくれるルート。$\sqrt{-1}$が虚で$\sqrt{1}$が実とか、ｉは（愛）のことで一人一人、自分のことなのでは、と仮定しますと、この等式は果たして「メビウスの帯」に繋がるのではないかと漠然と思ったのです。

例えば卵子（盾）の中のＤＮＡ・ＲＮＡと、＋１の精子（矛）が無風状態で合体することで＝０（無）になる。即ち両極としての（矛）と（盾）が一つになることで矛盾するものが統一され＋1＝0（無）に抱き止められる訳です。これは、「メビウスの帯」で云うと、帯状の輪（円形）が切れて180度反転した帯に再び繋がりメビウス形の帯になることで分別・分離していた両極（表／裏、虚／実など）とｉ（両極皮膜の狭間のグラデーションから湧起される愛のエナジー）が統一されてゆくのではないでしょうか。谷神については０（無）の地点、全てのものが生まれてくる源泉なのだと思います。

この源泉については老子の云うところの谷神の０（無）の地点の更に下に三角錐のような形の世界が繋がっているのではないかと、丁度砂時計のように8の字を描くと三角形が2つできます。下の三角形がブラック・ホールで上の三角形をホワイト・ホールに喩えるとブラック・ホールには０（無）すなわちラブ（愛）というエナジーが感動するとホワイト・ホールへ湧き出してくる。胎児は子宮というブラック・ホールの羊水の中で両親の愛を一身に受け、産道を螺旋状に通過してホワイト・ホールに出る。出産の瞬間に

「おぎゃー」という産声が鰓呼吸から肺呼吸への大事な転換点で、この第一声に母親は大感動するのだと思うのです。この産声が440Hzなのです。これはオーケストラがチューニングする時の周波数であり、NHKラジオで時報に採用されていてプ・プ・プ・ピーンと最後の音が跳ね上がりますが、プ・プ・プが産声の440Hzで、跳ね上がった音の周波数は2倍の880Hzと聞きました。ピアノは基本的に88鍵で、ドレミファソラシドは8音階で無限（∞）なる響きの可能性を秘め感動を与えてくれます。尚、宇宙理論物理学のホーキング博士（1942～2018）によると現在は宇宙は膨張しているが、やがて収縮を始め0地点で又膨張を始めると、砂時計のような形を指摘して予言しております。

この等式を見て「直観の一撃（+1）」で世界は変わるのだと思いました。

ドイツの数学者アウグスト・メビウス（1790～1868）も円形の帯を切って片方を180度反転して繋げることをしなかったら四次元の世界という「メビウスの帯」は生まれなかっただろうし、芭蕉（1644～1694）の「古池や蛙飛び込む水の音」の句も蛙が飛び込んでくれたお陰で芭蕉が閃いたのだと思います。

禅では自我を無にして両極を超越（クォンタム・リープ）することで悟りに至るとされています。そして悟りの境地に至るためには思考を超越した「直観」が重要な役割を果たしているところから「直観」は、大宇宙と小宇宙（人間）との間で起こる「梵我一如」のテレパシー、スパーク、プラズマで、魂の奇蹟なのだと思い、「直観の一撃」で世界は変わるのだとの確信を深めたのでした。

表を辿ってゆくと裏になり、裏を辿ってゆくと表になる「メビウスの帯」の表裏一体とも思える虚実皮膜の狭間のグラデーションの中にいることこそバランスの取れている状態なのだと思います。日本には「四十八茶、百鼠」という多様な色彩を表す言葉がありますが、これに似て白黒両極の狭間のグレーゾーンには百の色のグラデーションがあると言います。更にこのグラデーションの領域を無分別智という素晴らしいアイディアで生き抜いてきた日本文化。現代人の多くが新興宗教のように取り付いているスマートフォンの斬新な操作性のアイディアは無分別智のグラデーションがヒントになっていると聞きますが、「外国人に先を越されないように換骨奪胎、更なるヴァージョン・アップをしてゆきましょう」と「100分de日本人論」というＮＨＫのテレビ番組で語っていました。

現実の中で4次元の世界を可視化した「メビウスの帯」も、精神の世界を見渡すことの出来る「悟り」も共に両極をクォンタム・リープした現象なのではと思います。それは言葉を変えて申せば「色即是空空即是色」の観自在の境地の世界に入った証のことではないでしょうか。

ある時テレビで「日曜美術館」を見ていたら、東京国立博物館で展覧中の空海プロデュースによる東寺の木彫彫刻を配した立体曼荼羅を前にして、中村桂子さん（生命誌研究者）が「生きものって矛盾を抱えている存在で、良い悪いに分かれているのではなく、良いも悪いもある。それがダイナミズムを生んでいる。矛盾を無くしたら多分死んじゃうんだと思います。だから、空海は『生きとし生けるものは皆大事なので、ここ（立体曼荼羅）に入ったら一人一人の大切さが分かるでしょう』と云っているような気がする」と語っていました。

中村さんが指摘されたように「矛」と「盾」という異質な存在が、戦うのではなく、愛を持って仲良くすることで１＋１＝２以上のエナジーを得ることが出来たのではないか、と思えて来るのですが、しかし、現在状況は異質なものを排除する傾向にあり、肌の色が白いとか黒いとか、宗教が違うとか戦っている訳で、御先祖様から見たら何とも嘆かわしく悲しい風景に見えているのではないでしょうか。異質なものも仲良く皆大事なんだよ、と御先祖様が願っているような、まるで遺言のようにも聴こえて参りますが……。ＮＨＫＢＳテレビのコズミック　フロント「にゃんこ博士が説く量子が教えてくれる宇宙の謎」を見ていたら、「量子は粒でありながら波（もやのようなもの）でもあり、重ね合わせの状態もあり、このなんだかわかんないということが大切で曖昧な存在だから色々と凄いことが出来る」ということでした。この宇宙は量子の世界の不思議な理に支配されており、宇宙の始まりの量子という原子、陽子、電子、中性子、光、ニュートリノ、クォーク、ミューオンなど微粒子の形でさえ矛盾を孕んでいるのではないかと思うと、現今の命たちもそのルーツ上に生息しているのだと感慨深く思えて来ました。ですから人生となると一層色々と縺れて当たり前、という理の中に生息しているのだと認識した方が、間違いが少なく済むように思えて参ります。

ここから先は私の心気予報になりますが、モーツァルトのオペラは人間の縺れ現象を得意にしていたのかと思わせる曲が数多く作曲されています。正にモツレアート（縺れアート）→モーツレアルト→モーツァルトです。『後宮からの誘拐』、『フィガロの結婚』、『ドン・ジョヴァンニ』、『コジ・ファン・トゥッテ』などは、付いたり離れたりの恋という名の磁気力シリーズで、『コジ・ファン・トゥッテ』では実際にフェランドとグリエルモが毒を飲んだ後に登場する医者が、磁石を取り出し治療するシーンがあります。確かに付いたり離れたりの恋の病にはかなり効き目がありそうですが、当時はドイツのフランツ・アントン・メスメル博士（1734〜1815）を始め、磁石による治療に真剣に取り組んでいた医者もいたようです。『魔笛』のパミーナとタミーノはお互いに愛し合っている仲で、どんなに辛い試練に遭遇しても決して相手を裏切らない、突き放さない、相手のことを支え続けて結ばれる……それは恰も太陽、地球、月のようにお互いに支え合い今日まで一度も突き放さないで引き合ってきた万有引力の象徴のようで、正に「愛という名の万有引力」だと思います。太陽や月の象徴であるザラストロや夜の女王が登場する事にも得心がゆきます。そして、最後のオペラ『皇帝ティートの慈悲』ですが、音楽評論家の吉田秀和氏（1913〜2012）は、この「慈悲」を「慈愛」と語っていました。「慈愛」となるとモーツァルト始め我々のレベルでも起こりうる現象で、「慈悲」となると神とか仏の世界であるような気がします。先般ノーベル賞に輝いた「ヒッグス粒子」の存在、これは例えばクォークのような質量を持っていない存在に場としてのエナジーを与えて質量を持たせ物質化してゆくというかなり宇宙的なスケール感のある話ですが、そうしたエナジーが、慈愛という名のヒッグス粒子であると感じました。更に、私の第六感ですが、最近発見された重力波――宇宙に遍く影響を与えていると思われる――に名前を付けるとしたら、これこそ「慈悲」ではないかと思います。

話が縺れて来ましたが、縺れついでに「超紐理論」（超弦理論）のことが、ちょっと気になります。宇宙の全てを説明する「究極の理論」の最有力候補とされている理論です。「様々な素粒子の正体は、ただ一種類の〝紐〟である。紐は振動していて振動状態に応じて異なる素粒子として観測される」というもので、ヴァイオリンが同じ弦でも弾き方によって色々な音を出す事に似ていると思います。

紐はくっついたり、ちぎれたりで「開いた紐」と輪ゴムのように「閉じた紐」が存在すると考えられ、1つの紐がちぎれて2つになったり、2つがくっついて1つになったりすることもあり、「紐の形」には複数の種類があるとのことです。子供の頃遊んだ、閉じた紐による「あやとり」は、左右の指で色々な形を生み出してゆく訳ですが、これは「超紐理論」のマクロの形を先取りしていたのではないかと勝手な妄想を抱いてしまいます。一本の紐が無限大の形を生み出す可能性を秘めていることに心ときめきます。更に、紐がちぎれたような短い線によるタッチはゴッホ独特の描法ですが、そこに描かれる道や糸杉や渦巻銀河も、振動して響き合って動いているように見えてしまいます。「宇宙はスパイラルで出来ている」だけではなく、ひょっとするとゴッホはこの「超紐理論」のことも感じていたのではないかと思います。

ある時、朝吹氏との会話の中で「虚実皮膜の狭間」が話題となり、ここには宇宙の両極の謎というか、何か創造に関わる大きな問題が隠されていると直観いたしました。狭間に虚と実のグラデーションを感じたり、「メビウスの帯」のことが気になったり、彼と議論を重ねている矢先に映画『博士の愛した数式』に出合ったのです。その映画に出てくる「オイラーの等式」が気になりました。その「オイラーの等式」のことが、２０２1年12月号の科学雑誌「ニュートン」に掲載されていることを知り、更に次号が「オイラーの等式」と「超紐理論」の特集号とあり、タイムリーでした。

前々から気になっていた勾玉と太極図のことも意識に急上昇してきたところで、北斎の『怒濤図』についてのテレビ番組に出合い、驚きました。勾玉から出発して思考がいろいろなところに飛んで、ここまで辿りついたのです。なお、「八咫鏡」、「八尺瓊勾玉」、「八重垣剣（天叢雲剣）」からなる「三種の神器」については、宮地正典『［新説］ホツマツタヱ』（徳間書店刊）に詳細な解説があります。

『古事記』や『日本書紀』の原本となっている『ホツマツタヱ』によると「八咫鏡」など三種の神器には全て「やのきまり」を表す「八」の字が当てられています。「やのきまり」は同著によれば、日本の古代文化では数字の「八」を吉数として尊んでおり、「やのきまり」は、現代科学においてもその生成と成長過程が明らかになりつつある宇宙を貫く、最も基本的な美しさと調和を示す法則とのことです。そもそも分子は、原子が集結する際外側に電子が8個配置される形が一番安定するので、「やのきまり」と量子論の「8」の共通性に神秘を感じたのです。日本のみならず宇宙の法則なのです。私たちの体は60兆個の細胞から構成されていますが、その全ての原子の調和を保つための基本的な決まりになっています。そういった事からも人間の最も優れた特性である、美しさや芸術を理解する感覚にも繋がっているとのことです。

分子も人間も「やのきまり」に従い、結合すべき相手かどうかを判断するので、非現実的な神話のように思われている国産みの神イザナギノミコトとイザナミノミコトは原子結合の意味で理解すれば非常に科学的な話であり、宇宙の物質は全てこの「結合の力」によっているのだそうです。

「やのきまり」は、宇宙が誕生してから極めて短時間のうちにドラマチックな現象が展開された中で原子が誕生するときの元になった最も重要な法則なのです。

そして、「やのきまり」によって光は姿を変えて原子の中に留まりました。全く静止して見える石などの物質も原子レベルで見れば、内部には高速でダイナミックに円運動を行っている原子が無数に集まっています。物質はアインシュタイン博士の公式「$E=mc^2$」に従い、光に変換された途端毎秒30万㎞の速さで飛び出します。光は私たちのような物質で出来た生物にも躍動的な作用を与えるとのことです。「やのきまり」の中で、アインシュタイン博士の公式「$E=mc^2$」が出てきたことは嬉しかったです。と云うのは、「虚実皮膜」を中心に議論する前段階で実は「$E=mc^2$」の事が話題になっていました。科学にしても「素粒子物理学」から「天体物理学」まで各々の分野が余りにも細分化されてしまって、横の繋がりが果たしてどこまであるのだろうか、という素朴な疑問がありました。地下茎では色々と繋がっているように思えるので……。そこで、科学と芸術のコラボと云うか関係とかが気になり、「$E=mc^2$」に関して芸術的なものを当て嵌めることは可能か、などと話し合っていました。Eは静止エネルギーですが、Emotionで感動（愛と云う名のエネルギーが湧起する動的エネルギー）とか、mは慣性質量ですが、mass（表現体）とmind（心）の格調高い精神とかmind over matter（物質に勝る精神）とか、cは光速度ですが瞬間に起こる直観・閃きや霊感などで、結果として「$E=m^2c$」になりました。……創作には公式はなく自由であり、芸術は感動なりということを再認識したように思います。尚、先程の両極の卵子（盾）と精子（矛）と云う球体と線形体の異質な存在が合体することで、通常の細胞分裂とは違う1＋1＝2以上の3とか4の衝撃的なパワーが生まれ、そのエナジーによって他のウイルス等に打ち勝ち約700万年以上も生き永らえることが出来ているのではないかと思いますが、力が付き過ぎて原子爆弾まで開発してしまったことは人類史に於ける汚点であり、実際に広島、長崎に投下したことは人類最大の悲劇でありました。命は矛盾を抱えていて、永いことこの両極という現象というか問題に振り回されて来ましたが、いよいよこの問題を超越すべき時が来たのではないでしょうか。異質な存在が共に助け合い利他の精神を持って、今こそ人類が古の約700万年前の御先祖様の遺言に耳を傾ける時が来たのだと思います。そして戦いの痕跡の見当たらない、縄文時代の豊かな芸術創造の精神に肖りたいと思います。「$E=m^{x}c$」のx乗とは芸術創造を生み出す激情の因子なのだと思いました。

湯浅譲二と芭蕉――宇宙との合一感

勝間田弘幸

名月や門（かど）にさしくる潮がしら　松尾芭蕉

朝吹氏から「音楽から操る精神の普遍性」という日経新聞記事（1997年5月25日付）の切り抜きを頂きました。芭蕉の「名月や門（かど）にさしくる潮がしら」を使った湯浅譲二氏（1929〜）の作品（組曲『芭蕉による情景』／1980〜1989）についての編集委員からの質問に氏は、「今の東京湾で満月を見ているという、無限の宇宙に対する芭蕉のまなざし。俳句の描写ではなくて、自分のコスモロジーが芭蕉のコスモロジーと一体化するところで音楽をつくっていこうという気持ちがありました。ドイツでこれを演奏したとき『天体の運行のような音楽』という評が出ました」と語り、「普遍性が音を通じてコミュニケートできるんだなと、つくづく思いましたね」とも語っています。また氏は、「音楽は作曲家のコスモロジー（宇宙観）の反映としてある」、「人間が人間を自覚するのは、非人間的世界、自然に直面した時であり、その時に宇宙との一体感を持ち、人間を自覚したりする」とも語っています。

芭蕉の句について私には先ず「潮がしら」が、生まれ出てくる満月――赤ん坊を連想させます。海中に建てられた門（鳥居）の中から名月が生まれ出て来る、赤ちゃんも名月も共に門から生まれ出て来ます。片やミクロの存在としての赤ちゃん、片やマクロの存在としての名月。これは大宇宙の営みの摂理を暗示しているのではないでしょうか。表の詠みと裏というか陰としての詠みが虚実皮膜の狭間のように一体化しているように思えますが、どちらかと云えば虚の陰の世界の影像が立ち昇って来て感激しました。私の絵画制作においても自分では気が付かなかったことを他者から指摘されて見えてきたときが自己発見の喜びに繋がります。そこに普遍性という門の入り口が見えてくるのだと思います。

精神の軌跡――オーレル・ニコレと加藤恕彦のフルート

朝吹英和

私にとって忘れ得ぬフルート奏者と言えば、オーレル・ニコレ（1926〜2016）と加藤恕彦（ひろひこ）（1937〜1963）の二人である。

ニコレの実演に初めて接したのは1968年5月10日、神奈川県立音楽堂での「バッハの夕べ」であった。『無伴奏フルート・ソナタ』イ短調や『フルート・ソナタ』ロ短調等が演奏されたが、内省的で真摯な語り口ながら大きな包容力に包み込まれるような深遠なバッハに心底感銘した。（ピアノ伴奏は星野すみれ）

バッハ鳴る時の完熟唐辛子　朝吹英和

そのコンサートのプログラムにフルーティストの吉田雅夫（1915〜2003）が寄稿した文章の一節をご紹介する。「現在、活躍中のフルーティストは数多い。その内で正直な所、最も共感を覚える人はオーレル・ニコレである。……忘れもしない1955年4月27日、クナッパーツブッシュに率いられたベルリン・フィルがチューリッヒへ来た。この時のR・シュトラウスの『ドン・ファン』は最大の感銘を受けた。勿論フルートはニコレ、オーボエはリーバーマンという最高の組み合わせであった」。

ニコレはフルトヴェングラー（1886〜1954）に嘱望されて1950年から1959年までベル

リン・フィルの首席フルート奏者を務めていたので、当時のベルリン・フィルの録音でニコレの演奏を聴く事が出来る。フリッツ・デムラーとの協演によるチマローザの『2つのフルートのための協奏曲』ト長調（1954年12月録音）は28歳の若き日のニコレの潑溂とした演奏が見事である。その後も度々来日して、夫人のクリスチーヌ・ニコレやオーボエのハインツ・ホリガー達との協演などでバッハやモーツァルトの名演の数々に接する事が出来た。また、ジャン・ピエール・ランパル（1922〜2000）と同時期に来日しての協演コンサートも名人同士の果し合いのような気迫に満ちた演奏で懐かしい思い出である。

1960年9月、ミュンヘン国際音楽コンクールでミシェル・デボスト（1934〜）と並んで2位入賞を果たした加藤恕彦（当時23歳）は、審査員を務めたニコレからソノリテ（響き）について「ただ美しい以上に何か力強く大きく人間の底から湧いて出るものを感じる。多くのフルート奏者は完全なテクニックと『美しい音』とをもったただの美しい笛に終わってしまうが、これらのものは『音楽』という人間的なものを表す道具にすぎない。もちろん、きみはテクニックの点でも音楽の点でも、すべてこれから発展さすべきものがたくさんあるが、きみのもっているものは、何かすばらしいものがあるから、それをそこなわずにのばすように！」と直接言われた感激を母への手紙の

▶オーレル・ニコレ（コンサートプログラムより）

中で書き綴っている。（加藤恕彦『アルプス山嶺に消ゆ』／音楽之友社刊）

魂の籠った音楽、その純真で透明な響きは、より高いものを志す人間の精神の証として結晶し、聴く者の心を打つ。

パリ音楽院でランパルに師事して研鑽を積んだ加藤は、1961年春、弱冠23歳でモンテ・カルロ国立歌劇場管弦楽団の首席フルート奏者に任命され、常任指揮者のルイ・フレモー（1921〜2017）、イーゴリ・マルケヴィッチ（1912〜1983）、アンタル・ドラティ（1906〜1988）、ジョン・バルビローリ（1899〜1970）等の名指揮者の元で演奏を重ねて賞讃を浴び、フレモーの薦めによって1963年5月、モーツァルトの『フルート協奏曲第1番』ト長調K・313を録音した。

「澄み切ったまさにクリスタルの如き響き。一心に吹くその演奏はコンチェルトであることを忘れ、いつしか加藤のフルートが奏でる世界に引き込まれてしまう魔力を持っている。能管の響きにも似て鋭く張り詰めた高音と深みのある低音、起伏に富んだ伸びやかなフレージングと明快な形式感に支えられた凛凛しい演奏は、二十二歳のモーツァルトの意気込みに呼応して心に響くものがある。飽くまでも一途な演奏でありながら、音

加藤恕彦（CDジャケットより）▶

楽の表情は驚くほど多彩である。

一気に駆け抜ける第一楽章に続く第二楽章は、一転して幻想味に溢れ、しみじみとした歌が聴こえて来る。残された時間を慈しむように躊躇いがちに進行する第三楽章ロンドは、慎ましさに包み込まれながら憂いを含んだコーダの中に終息する。出会いの中に予感された別れ、一期一会の美のはかなさが感じられる。

『透明な悲しみ』に満ちた音楽であり演奏である。加藤の鋭利な切り込みと直観的とも思える洞察に富んだ解釈によってこの曲がモーツァルトの協奏曲の中で『クラリネット協奏曲』と並ぶ双璧であることを私は初めて知った」。

（朝吹英和『音楽における一期一会』／日本ブルックナー愛好会機関誌「アダージョ」第24号）

人間の精神の発露である芸術、古今の優れた芸術に通底する「精神」を支える心、思想、全人格のありようが肝腎であるとして、「俳句は精神の風景」であると説く岡井省二（1925〜2001）は、俳句について「一句一世界」を力説し、「世界観を磨かないでいい詩が到来するわけがない」とも語っている。（岡井省二『槐庵俳語集』／朝日新聞社刊）

一句一世界が無限の時間と空間を持っていなければならない。

一句一世界が通時的な独立性を持っていなければならない。

岡井省二が述べている「無限の時間と空間」、「独立性」は、加藤の遺したＣＤに聴く演奏の数々にも共通して存在する特徴ではないか。加藤の音楽観とは如何なるものであったのかを加藤の前掲書から引用する。

「音楽は、何よりも先に、人の心をうっとりさせ、なごやかにし、人間らしいいぶきをふきかえらせ、愛をもって生きていく勇気を与えてくれなくては、いけないと思うのです。……僕は子どもの純真、若者の世間知らずの正義感が、じつは本当の人間の姿で、ひじょうにしばしば、子どもは『教育』とか『しつけ』とかいう型で、こうしたもっとも人間らしいもの、人の心のなかでかすかに息づいているあのもろい『命』——あのイエス様がもっとも大切にされたもの、あのみんなにののしられ、バカにされ、姉のマルタに無精とそしられ、ユダにもったいないことをするとしかられたあのマグダレナの愛——をあとからあとからつめこみ知識や利得や社会のくだらぬ通念で、窒息させ、殺してしまうことが多い」。

そうした音楽や人生に対する謙虚で誠実かつ情熱に溢れた態度の源泉は、加藤の人間性にある事は言うまでもない。英国人マーガレットとの国際結婚という大きな問題に直面して両親と交わした手紙に一貫して流れる加藤の価値観は、「自分と他人に対する責任を負う事、自分の能力外にある事を無謀にやらぬ事、自分の立場を常に社会の座標に置いて認識する事を前提条件に、人生の価値判断は自分自身のうちにしか存在しない」とする信念に基づいているが、常に両親への尊敬と思いやりの心に溢れ、かつマーガレットとその家族への責任を果たそうとする誠意にみちたものである。人間として最も大切な価値あるものは何かについて語る加藤の言葉は、今尚痛切に心に響く。生命を授けられた者が生命を授けてくれた人に対する感謝と尊敬に満ち、かつ自らの生命を大切にする気概に溢れた手紙は、何度読み返しても感動を覚える。

授けられ授けし命河鹿鳴く　朝吹英和

加藤の演奏を聴く度に痛感するのは、音楽の全体構造に対する鋭い把握に裏打ちされた様式感と、その再現を可能ならしめた多彩なソノリテと解釈の深さである。水底に沈む石が陽光を浴びて一瞬キラリと光るようなフルートの響き、その演奏に一貫して流れる気品こそ加藤恕彦の人間性の証左に違いない。

閑かさや岩にしみ入る蟬の声　松尾芭蕉
夏草や兵どもが夢の跡
この秋は何で年寄る雲に鳥

感覚を通して精神に至り、精神から出て感覚に至る表現の見事さ。全ての柵から断ち切れて自立した精神のみが獲得し得る無限の時間と空間、「切れ」による転位構造が永遠の時空を開いた芭蕉の俳句。内的必然が実感される加藤のリズムとテンポ、剛直に又しなやかに情感の流れや変化に相応しいフレージング、そして何よりも魂に響いて来る音色。そうした加藤恕彦の演奏の特徴が齎す世界は、芭蕉の俳句と同様に、「自立した精神」の賜物であろう。

4年後にカタストロフが待っているとも露知らずアルプスを訪れた加藤は、母への手紙に「息もつまる大自然の偉大さ！　フルートも僕の生命も、それにくらべれば物の数ではないようにさえ感じられる。……僕は、またきっとここへやってこようと心に決めた」と記した。そして、自らの決意を新妻マーガレットを伴って実現した加藤を待ち受けていたのは、容赦なく牙を剝いたクレバスであった。新婚僅か6か月、身心も公私も共に幸福の絶頂にあった加藤夫妻は非情にも飛び去る時間の矢に拉致され、クレバスに転落し再び生きて地上に還る事は叶わなかったが、二人の人間の誠実で真摯な人生の、そして精神の軌跡は、アルプスの新雪に描かれたシュプールのように鮮やかに残り、その演奏に漲る精神の輝きは、アルプス山嶺に反射する光の如く聴く者の心を貫く。加藤恕彦、その精神の夏は永遠に燃え盛っている。

フルートをモチーフとした俳句を詠む時、私の心の中には何時もオーレル・ニコレや加藤恕彦の音楽が流れているのを感じる。

朝吹英和

フルートの開く地平や冬薔薇

フルートの煌めきやがて飛雪かな

暁闇を開くフルート光悦忌

フルートとハープの狭間風光る

フルートの麗人春の使者ならむ

先陣を切りしフルート聖五月

武満徹の美学——自然への敬意、他者との有機的関係

朝吹英和

武満徹（1930〜1996）の作品を初めてコンサートで聴いたのは、今を去る55年前、1967年6月20日（火）、当時私が所属していた慶應義塾大学三田レコード鑑賞会の主催による「現代日本音楽の夕」であった。「共通する日本人の意識を媒介として日本の現代音楽を理解し、更に日本をも含む現代音楽を理解する一助となれば」との思いで全て日本の現代音楽作品によるコンサートを企画した所、岩淵龍太郎氏の率いる「プロ・ムジカ弦楽四重奏団」に出演をお引き受け頂いた。

プログラムは三善晃『弦楽四重奏曲』（1962）、武満徹『弦楽四重奏のためのランドスケープ』（1960）、矢代秋雄『弦楽四重奏曲』（1955）、間宮芳生『弦楽四重奏曲第1番』（1963）の4曲であった。

音楽評論家の遠山一行氏（1922〜2014）から「このような団体がもつ聴衆の動員力、特に若い世代の柔軟な感受性と理解力が、作家の側のエネルギーと一体になって、新しい音楽文化をつくることが期待される」との有難いメッセージをプログラムに頂戴した。チケットは完売して会場の東京文化会館小ホール（定員649名）は満席の盛況であった。主催者の一人として、私は舞台袖のモニター・ルーム越しに演奏を聴いたが、武満作品の凝縮された緊張感に満ちた音楽が心に深く印象付けられた。武満から届いた

プログラムに掲載したメッセージをご紹介する。

「この作品の構造はきわめて簡単であり、その発想には笙の影響を多く蒙っています。基礎的な音列は2個のペンタトニックであり、曲全体を通して、ノン・ヴィブラートで演奏されます。一種のモノクロミズムであり、きわだった曲想の変化というものを求めず、はじまりもおわりもさだかではない『音の河』のようなものを想像していたと思います。初演は1961年ですが、曲のスケッチは1958年の秋から冬にかけてなされました」。

武満徹の研究家である小野光子はその著書『武満徹　ある作曲家の肖像』(音楽之友社刊)の中で、本作について「抑制された緊張感と余白のある表現で、同時代の前衛的手法と東洋の美学との接点を見出した作品」と評している。

結核を患い闘病生活を余儀なくされた武満は、一時期死を意識する程病状が悪化して「ちゃんとした作品を一曲も書かないで終っては、死んでも死にきれない」という悲痛な思いにかられており、そうした厳しい状況の中で本作に先立って1955年から1957年にかけて作曲された『弦楽のためのレクイエム』は、1959年に来日したストラヴィンスキー(1882~1971)によって激賞され、武満の名は一躍世界に知れ渡る事となった。

「この音楽は実にきびしい(intense の訳語)。全くきびしい。このような、きびしい音楽が、あんな、ひどく小柄な男から、生まれるとは」。

（ストラヴィンスキー）

武満が『弦楽のためのレクイエム』について語った「音の河のようなもの」との認識は『ランドスケープ』においても同様であった。

１９６４年、長野県御代田町に購入した豊かな自然に囲まれた山荘で作曲に勤しむ事が多かった武満が雨のように降りしきる唐松の落葉を目にして記した文章に共鳴する。

「昔、感心して読んだオーストラリアの少女の、俳句のような、短詩を憶いだす。

時間（とき）は生命（いのち）の木の葉。

そして、私はその園丁だ。

時間は、緩っくりと、落ちていく。

十一歳の少女が書いたとは思えない、なにか哲学のようなものが感じられる。五十を過ぎ、はや六十に掌の届こうとする人間にとって、落葉（らくよう）降りしきる光景は、充実した生を予感させもするが、同時に、避けようもない死が、次第に、その貌を現わしているようにも感じられる。私もまた時間（とき）の園丁だ。無限時間に連なるような、音楽の庭をひとつだけ造りたい。自然には充分敬意を払って、しかも、謎と暗喩に充ちた、時間の庭園を築く。一枚一枚の生命（いのち）の木の葉を掻き集めて、火を点す。それは祈りのようなものだ。内面に燃焼する焔が、この宇宙の偉大な仕組みを、瞬時でも、映しだしてくれたらいい。間もなく霜が降（お）り、水道の水も凍る。時が経って、鳥たちが再（ま）た戻ってくる頃までには、いまの仕事を了えなければならない。
時間は緩っくりと、落ちていく」。

（「都響」1988年1月）

そうした自然は武満の作曲や執筆と言った創作活動と密接な関係があった。

「自然界には、目に立つ激しい変化もあれば、目に見えないが変化し続ける様態というものがある。私は、その中で、どちらかといえば、目に見えないものに目を開き、それを聴こうとする人間かもしれない。……私の音楽は、たぶん、その未知へ向けて発する信号（シグナル）のようなものだ。そして、さらに、私は想像もし、信じるのだが、私の信号が他の信号と出合いそれによって起きる物理的変調が、二つのものをそれ本来とは異なる新しい響き（調和（ハーモニー））に変えるであろうことを。そしてそれはまた休むことなく動き続け、変化し続けるものであることを。したがって私の音楽は楽譜の上に完結するものではない。むしろそれを拒む意志だ」。

（毎日新聞・夕刊／1993年9月16日）

武満の自然界で日々生起している現象に対する認識は、俳句における二物衝撃による新たな時空創造や、短詩型ゆえの余白を重視し、読み手の心の中で変化してゆく俳句と通底しているように思う。小野光子の前掲書によれば、若き日の武満は中村草田男や西東三鬼の俳句に興味を抱いていたと言う。季語の象徴性を重視した草田男や伝統の枠に縛られる事なく革新的な句を創造した三鬼に武満は同じ芸術を志す者としてシンパシーを感知していたのであろう。

更に武満は語っている。「詩の起源が、永劫の時間を不可視の痕跡に封じた古代の巨石や、砂壁に遡れるように、世界の至るところに詩は書かれ、歌はうたわれていた。目を凝らし、耳を澄ませば、その総てのうたやことばを読みとることが出来るはずだが、怠惰が私たちを盲目にしている。世界に、既に書かれ、うたわれ、描かれたものたちは、未だに私たちの周囲に息を潜めて、見出され、読み解かれることを待ち期んでいる。バッハやベートーヴェンは、また、ダ・ヴィンチやミケランジェロは、それらを新しい人間的価値として見出すことが出来たのだ」。（毎日新聞・夕刊／１９９４年３月10日）

自然との関わりについて、「風や水が、豊かで複雑な変化の様態を示すように、音は、私たちの感性の受容度に応じて、豊かにも、貧しくもなる」とする武満はイサム・ノグチの回想風自伝の言葉について、「ノグチは、自分が求めているのは、自然の眼を通して自然を視ること、そして特別な尊敬の対象としての人間を無視することだ。芸術家とは、幽霊、幻覚、前兆、鐘の音など――精霊が流れてくる水路以外の何ものでもない。そして彫刻（人間の芸術表現）は、人為的に完結するものではなく、自然界の変化に応じて絶えず変化し、また成長を続けるものだ」と紹介した上で、「自然から学ぶことは余りにも多い。自然の（この地球の）記憶の層の、深い、遥かな連なりを見出すのは、私のような者には、とても容易なことではないが、せめて季節毎の変化の相、その推移を感じとれる感受性を身につけたい。それは、私に、音が語りかけてくる毀（こわ）れやすい言葉の表情のいろいろを聴き逃がすことがないように、働きかけてくれるだろう。作曲は音と人間との協同作業（コラボレーション）だと思うから、作曲家は音に傲慢であってはならないだろう」。（毎日新聞・夕刊／１９９４年４月11日）

私は武満の認識に心から共鳴し、俳句を志す者は自然の変化や推移を感じ取れる感受性を身に付け、言葉に傲慢であってはならないと自らを戒めている。

他者との有機的な関係を重視し、作曲に反映させた武満は数多くの作曲家、画家、演奏家、作家、映画監督等様々なジャンルの表現者との交流に心を砕いていた。その中の一人であるクラリネット奏者リチャード・ストルツマン（1942〜）と武満は家族ぐるみの付き合いがあったと聞くが、その彼のために作曲されたクラリネットとオーケストラのための『ファンタズマ／カントス』（1991）について武満は、「現代では本当に歌うということは難しいんですが、それでも、歌わなければならないと思っていた。それも、何とか簡潔に歌いたい。旋律になる基というか、原旋律と言ってもいい。たとえば、モーツァルトは二つか三つの音を確信を持って選び取ってつなげ、そして、その背後に大きな歴史と文化の構造が感じられる。そういった音楽的な大きな必然といったものが、欲しいんです」と語っている。（毎日新聞・夕刊／1991年1月21日）

モーツァルトについて武満が興味深いエピソードを披露している。英国のテレビ局のドキュメンタリー番組で音楽評論家がモーツァルトの『交響曲第40番』と自作の『リヴァラン』（1985）とを比較してアナリーゼする場面があり、両者に共通するものがあるとの指摘があった。武満は、『リヴァラン』は全体を支配している音楽的な動機が「タタターン、トタトタ」という2つの音だけで、モーツァルトの40番の出だしも「タララ、タララ」という2つの音だけで出来ているがその後で意味が変わってくると述べ、「マーラーやショスタコーヴィッチ、プロコフィエフなんかの非常に複雑ないい旋律、あれもすばらしいけど、こういう、どうということがない音でできた旋律もいいですね。ぼくがだんだん年をとってきたせいかもしれないけど」と語り、自作については「タタターン、トタトタという、やっぱり単純な音なんです。それしか出てこない。それだけの音が、背景によって輝いたり、曇ったりする。そういうところが似ているといえば、似てる」と語っている。（雑誌「文學界」に連載された武満徹と立花隆の対談『武満徹・音楽創造への旅』／1992年6月連載開始）

因みに『ファンタズマ／カントス』はラテン語で、「ファンタズマ」は「幻想」を、「カントス」は「歌」を意味すると言い、武満は「ファンタズマとカントスは同義のものとして捉え、作品の構造は日本の回遊式庭園からヒントを得た」と語っている。武満の脳裏には敬愛したドビュッシーの『クラリネットのための第1狂詩曲』（1910）の木霊が響いていたに違いない。そして本作初演の1か月後にウィーンで開催されたコンサートのタイトルは「1791―1891―1991」というものであった。前掲の小野光子の著作によれば、1791はモーツァルトが友人のシュタードラーのためにクラリネット協奏曲を作曲した年、1891はブラームスが名手ミュールフェルトのためにクラリネット五重奏曲を作曲した年、1991は本作が作曲された年であり、100年の間隔を隔ててクラリネット奏者と作曲家のコラボレーションが成就した奇蹟のような巡り合わせであり、時恰もモーツァルト没後200年に当たる1991年の出来事であった。

ストルツマンと並んで武満が長年に亘って付き合いのあったオーレル・ニコレのために作曲されたフルート・ソロのための『エア』（1995）について武満は、「エアには旋律やアリアの意味と空気の意味がある」と語っていたが、御代田の森を吹き抜ける風をイメージしていたに違いない。

武満の訃報に接して語ったニコレの言葉は武満との友情の深さを物語っている。「武満はこの二十五年間、私が最も尊敬し、最も愛し、その作品を最も多く演奏してきた作曲家でした。……武満の音楽には、すぐにそれが彼の作品とわかる何かがあります。偉大な作曲家の作品というのは、みんなそうです。モーツァルト、バッハ、ドビュッシー、武満、ベリオ、ブーレーズ、みんな最初の数小節を聞いただけですぐに聞きわけることができます」。

そして『エア』について「心静かな瞑想的作品で、とても素晴らしい作品であると評したニコレは、「いつも演奏するたびに、彼が『死』を人生の一部としてとらえていたように感じます。彼は死を否定せず、死に対して抵抗しようとしていませんでした。そういうところに、私は芸術家武満に対する尊敬と同じくらい人間武満に対する尊敬を感じています」と語っている。（前掲『武満徹・音楽創造への旅』）

ニューヨーク・フィルハーモニー管弦楽団の創立125周年記念コンサートのために新作を委嘱され、渾身のエネルギーを注入した名作『ノヴェンバー・ステップス』（１９６７）、新星爆発を思わせる過激な『アステリズム』（１９６８）等前衛的な作品を次々に発表した武満は次第に調性音楽に傾斜してゆき、そして何よりも「歌」に対する気持ちが強くなっていったように感じる。

武満が亡くなる僅か1か月ほど前のインタビューに答えて、「今の音楽がどうも歌を忘れすぎているから、ブラームスのような昔のものから学んで――昔に帰ろうということじゃなくて、新しいものを創るということはとても作曲家にとっては大事だと思う。だから僕は、ブラームスをただ気分的に『ああ、ブラームス、好きですよ』と言っているんじゃなくて、僕はブラームスを本当に敬愛して、尊敬しているんです。しかも、旋律、歌、ただメロディだけということじゃなくて、ハーモニー、ひとつのメロディの中にも構造がある。それを大事だと思っている」と語っている。（『武満徹の世界』／集英社刊）

芸術作品における構造の重要性についての認識は正に俳句にも通じるものがある。

武満が亡くなる2日前の1996年2月18日、病床でバッハの『マタイ受難曲』をラジオのFM放送で聴いた武満は、翌日見舞いに訪れた浅香夫人に「バッハはほんとうにすごいね。なんだか身心ともに癒されたような気がする」と話しかけたそうである。夫人によれば、武満は新しい作品に取り掛かる前に『マタイ受難曲』の中の好きなコラールや、最終曲などをピアノで弾くというのが長年の儀式のようになっていたということである。（武満徹『サイレント・ガーデン』／新潮社刊の夫人による「あとがき」より）

「〈生〉は自らの手で獲得されなければならないが、しかし〈生〉は個人の営みにおいて完結するものではない。まぎれもない自己の生は〈他者〉との有機的な関係のなかにおいてあらわれるものであり、それは正しくは個を越えたものである」。（『わが思索　わが風土』／「朝日新聞」1971年10月掲載）

異次元時空への旅——宮澤賢治『やまなし』／語り・絵画・音楽

勝間田弘幸

公演：2005年「なかの芸能小劇場」にて宮澤賢治『やまなし』をテーマとして、語り／絵画／音楽

▶やまなし（五月）2005年作

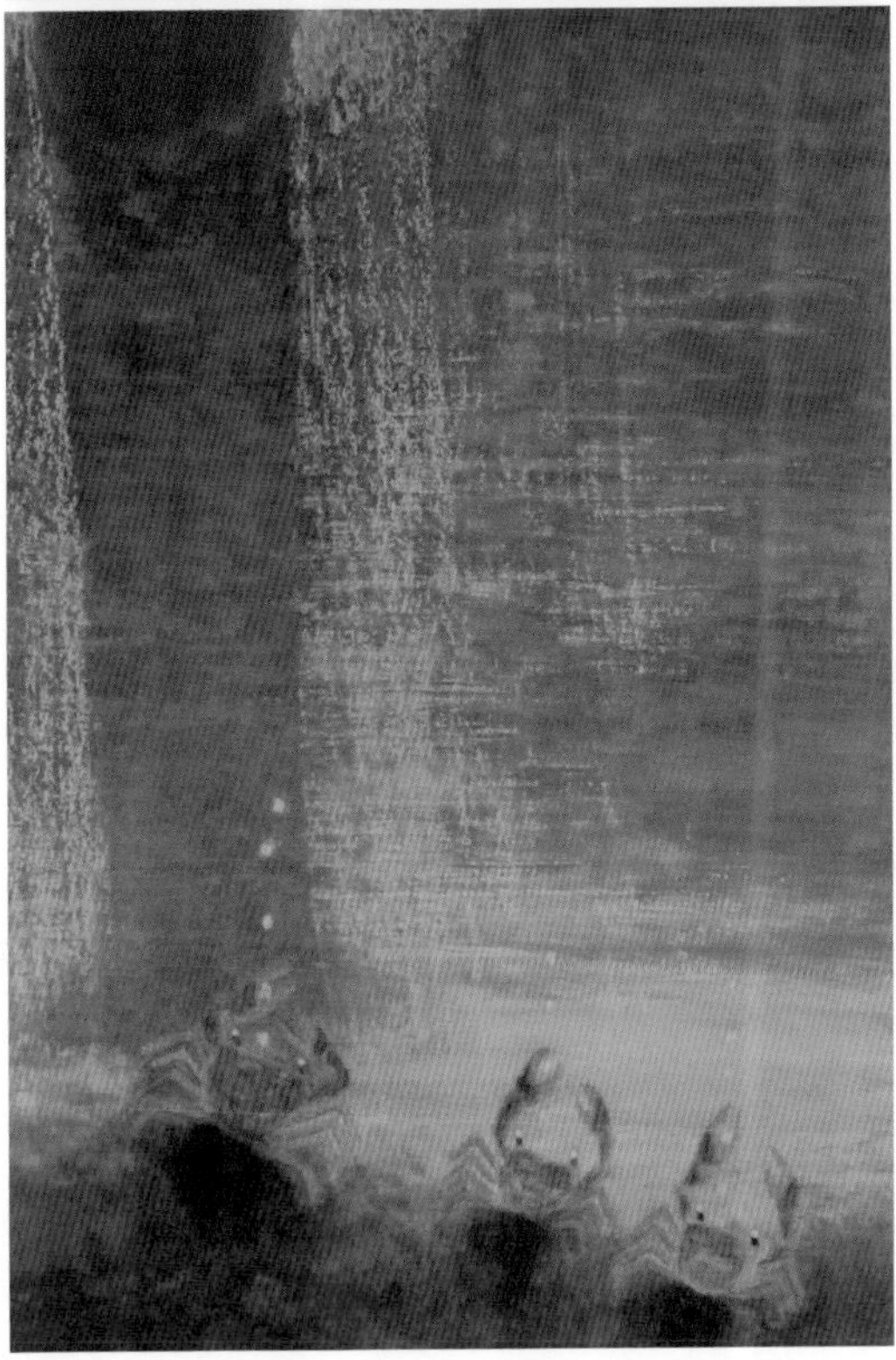

▶やまなし（十二月）2005年作

のコラボレーション企画が上演されました。

語り：高橋美江子、絵画：小さな谷川の底を写した二枚の青い幻燈です／『五月』と『十二月』（共にB4判、紙、水彩）勝間田弘幸、音楽：宮田宗雄

絵画のテーマは、小さな谷川の底を写した二枚の蒼い幻燈です／『五月』と『十二月』（共にB4判、紙、水彩）です。

▶公演舞台写真（上・五月の情景　下・十二月の情景）

　私の小学校の恩師高橋先生からの「今度、語りで『やまなし』をするのだけれど絵を描いて欲しいのですが」というご依頼に応えて「五月」と「十二月」の川底に蟹の親子が暮らしているという風景画を水彩で描きました。音楽は同級生で日本モーツァルト愛好会の宮田さん（その後8年間同会の代表を務められた）が、

『やまなし』の世界に相応しい音楽ということでモーツァルトの『ディヴェルティメント』ニ長調K・136の第2楽章を選曲してくれました。心を鷲掴みにされるような迫真に満ちた高橋先生の語りと、川の流れのような流麗なモーツァルトの音楽とが相俟って正に感無量でした。描いている時は蟹さんたちのぶつぶつ出てくる泡のことを強調していましたが、17年経ってみて宮澤賢治は青色の幻想に大変惹かれていたことを知り、そう云えば何故に崇高なイメージを抱いてしまう空や母なる海が青色なのか、青色を背景に花たちの暖色系も満開の桜も一層映えることを想う時、矢張りこの宇宙は神秘なのだと改めて思いました。

時空往還の達人——宮澤賢治ワールド

朝吹英和

「一滴の露に全宇宙の美を見、一陣の風に永遠のときを感ずる。空にひびわれを見、天に響く妖しい楽の音を聴き、月に苹果（りんご）の匂いを感ずる。賢治は心の中に明滅するさまざまな幻想や思念を、その場で書き留めてそれらを『心象スケッチ』『心の風物』と呼んだ」。

（板谷栄城『宮沢賢治の見た心象』／日本放送出版協会刊）

「青白い大きな十五夜のお月様がしづかに氷の上山から登りました。雪はチカチカ青く光り、そして今日も寒水石のやうに堅く凍りました」。（『雪渡り』）

「林の中には月の光が青い棒を何本も斜めに投げ込んだやうに射して居りました」。（『雪渡り』）

こんなやみよののはらのなかをゆくときは
客車のまどはみんな水族館の窓になる
（乾いたでんしんばしらの列が
せはしく遷つてゐるらしい
きしやは銀河系の玲瓏（れいろう）レンズ
巨きな水素のりんごのなかをかけてゐる）
（『青森挽歌』）

宮澤賢治（1896〜1933）の作品において「青」は極めて象徴的な意味を内包している。寒色の「青」は空、海、水等の自然をイメージする所から清潔感、若さ、冷静さの象徴とされるが、賢治の世界では様々な時空の様相を喚起する「青」が通奏低音の如く頻繁に登場する。『銀河鉄道の夜』、『なめとこ山の熊』、『よだかの星』、『雪渡り』、『やまなし』等異次元の時空への転位も読み手の深層心理に作用する「青」の力によるものであろう。

「小さな谷川の底を写した二枚の青い幻燈です」。

「二疋の蟹の子供らが青じろい水の底で話していました」。

「その時です。俄に天井に白い泡がたって、青びかりのまるでぎらぎらする鉄砲弾のようなものが、いきなり飛込んで来ました」。

「そのつめたい水の底まで、ラムネの瓶の月光がいっぱいに透とおり天井では波が青じろい火を、燃したり消したりしているよう……」。

「間もなく水はサラサラ鳴り、天井の波はいよいよ青い焔をあげ……」。

「波はいよいよ青じろい焔をゆらゆらとあげました、それは又金剛石の粉をはいているようでした」。

宮澤賢治の童話『やまなし』（1923年）は青のリフレインによって読み手を幻想的な世界へと誘う。「五月」では正体不明のクラムボンが何者かによって殺され、元気に泳いでいた魚は突如襲来したカワセミによって捕食されてしまう。自然界の食物連鎖の厳しい掟、突然平和が乱される世の中の不条理等がこの話を聞く幼い子供たちにも伝わるのであろう。「十二月」では夜更かしをした蟹の兄弟喧嘩の最中に芳香を放って落ちてきたやまなしの実について父蟹が二日ばかり待つと、下に沈んで美味しい酒になると諭し、「さあ、もう帰って寝よう、おいで」と親子で塒に戻った後には青白い焔のような波がまるで金剛石の粉をはいているように揺らいでいる場面で終わる。花を咲かせて実った果実がその一生を終えて酒となって再生し他者の恵みとなる輪廻転生の思想が語られているように感じる。

宮澤賢治はモーリス・メーテルリンク（1862〜1949）の作品に影響を受けていたとされ、特に

『青い鳥』（1908年発表／我が国では1910年頃に翻訳本が発行されていた）と『銀河鉄道の夜』（1924年から1931年頃までに執筆）との関連性について論述されているが、『やまなし』にも『青い鳥』と通底する発想がある。

「……わたしは水のような声は持っていないし、ただ音のしない光だけなんだけれど、でも、この世の終りまで人間のそばについていてあげますよ。そそぎ込む月の光にも、ほほえむ星の輝きにも、上ってくる夜明けの光にも、ともされるランプの光にも、それからあなたたちの心の中のよい明るい考えの中にも、いつもわたしがいて、あなたたちに話しかけているのだということを忘れないでくださいね」。

（『青い鳥』／堀口大學訳／新潮社刊）

いずれも「青」のイメージに託して象徴的な物語を創作した作家であり、同時代を生きた人間に共通した時代精神を感じる。

勝間田氏の絵画『五月』は横描きで川底から水面までの青のグラデーションが美しく、カワセミが襲来する前の平和な世界が象徴的に描かれている。

『十二月』は縦描きで変化を持たせ、夜の情景らしく濃い青を基調として画面左上にはやまなしの実と思われる黒い物体が描かれている。賢治ワールドを象徴する青い焔（川の波）と月光の虹が降り注ぐ幻想的な時空が再現され、モーツァルトの音楽の持つしみじみとした優しさが物語の世界を包み込み、聴く者の心に染み渡っていたことが想像出来る。

小学校の恩師と2人の同級生との三位一体となった公演の素晴らしさ、その根底に存在した子弟や同級生の絆の深さが実感を伴って感知された。勝間田氏の絵画を見て、私には親蟹が高橋先生に、二匹の子蟹は遠き日の勝間田少年と宮田少年のように思えた。2人の教え子のアレンジとコラボレーションによる舞台を背景として語りを務められた先生の感慨もまた一入であった事は想像に難くない。

宮澤賢治の代表作『銀河鉄道の夜』では異次元の時空が交錯する不思議な世界で物語が進行する。「少年ジョバンニは、星祭りの晩に、町外れの丘で、ふしぎな体験をします。大きな、天まで届きそうな光の柱（天気輪の柱）がとつぜん輝いて、その中に自分の身体が包まれてしまうのです。と、次の瞬間、彼は、夜空を走る列車に乗っています。前の席には、全身を濡らした親友カムパネルラがいます。じきにその列車が、死者たちを天国に運ぶ葬送列車なのだと分かってきます。列車は白鳥ステーションを通り、ふしぎな時間転移をしたり、奇妙な星空住人たちを乗り降りさせたりしながら、一路南十字駅に向かって走りつづけます」。（畑山博『美しき死の日のために』／学習研究社刊）

クラシック音楽鑑賞が趣味であった賢治は、『フィガロの結婚』、『セビリアの理髪師』、『タンホイザー』、『ローエングリン』、『アイーダ』等のオペラを知っていたとされる。勿論当時はSP盤の時代ゆえ、賢治が接した音楽はオペラの一部のアリアや序曲程度であったと思われるが、ワーグナーの楽劇『ワルキューレ』の台本のルーツである北欧神話に登場する戦死した兵士を天上のワルハラ宮殿に連れてゆくワルキューレと通底する場面設定は両極を往還し時空を超越したものへの憧れにおいて共通するものを感じる。

宮澤賢治もまた芭蕉やモーツァルト、そしてショスタコーヴィチと並んで両極の往還の中で時空転位を成就する達人であった。

創作舞踊『天地(あめつち)に…』作画——自然界への畏怖と祈り

勝間田弘幸

舞踊家の花柳園喜輔さん（1948〜）が自らプロデュースされる創作舞踊『天地(あめつち)に…』の舞台で使用する7つの扇面への墨象画の制作を依頼する画家を探すために「日本現代墨表現協会」主催の展覧会に来られました。その後、同協会の会員であった私に絵画作品制作のオファーを頂き誠に光栄なことと喜んでお引き受けしたのでした。

7つの扇面への墨象画のコンセプトは地球を構成する日（太陽）、月、土、水、木、火等のイメージを表面は写実風、裏面は抽象風にというものでした。

花柳さんの本創作舞踊に対するお考えやコンセプトの要旨を公演プログラムなどから抜粋してご紹介致します。

日本舞踊 拓の会別会
園喜輔 創る踊る
一、創作 天地に…
作曲 藤舎呂船
構成・振付 花柳園喜輔
囃子 勝間田弘幸
客演 花柳達真、花柳九州光、花柳源九郎、花柳輔蔵、花柳寿美蔵、花柳琴臣
二、清元 勝山巡禮
作 由井宏典
作曲 清元美治郎
作調 藤舎呂船
振付 花柳園喜輔
客演 花柳寿美蔵
花柳園喜輔 花柳寿雅蔵、水越絵里子
三、清元 月
作詞 田中青滋
作曲 清元栄寿郎
振付 花柳紘三
扇面 朝倉摂
客演 尾上菊紫郎
花柳園喜輔
六月五日(土) 午後六時 開演
三宅坂 国立小劇場

▲創作舞踊『天地に…』チラシ

「人間の所業によって起きた環境破壊がこの地球の根源そのものを変えてしまっているのではないだろうか。大きな自然界に生かされていることを悟る人の心に怖れや敬い、祈りが芽ばえることを念じたい。

日と月をうけ

序　混沌たる中に土・水・木が生まれやがて人が誕生し

破　人は数を増やし、その英智で火が生まれ営みが始まる　あるいは和しあるいは争い

急　自然を征服しようとする人間に警告の鐘　人は自然に呑み込まれてゆく

結　人の心に怖れや敬い、祈りの心が芽生ばえてゆく　再び人類の流れが営々と続く

藤舎呂船氏作曲『天地の』を拝聴し、自然と共存すべき人間を描いてみたいと思い、呂船氏に舞踊化の許可を頂き、私の構成・振付により、花柳流の男性若手舞踊家六人に出演してもらいました。勝間田弘幸氏は抽象の墨絵を追究されておられる方で、『天地に…』では太陽、月、火、水、木、金、土といった自然界の森羅万象を先生らしい筆致で扇面に描いて下さいました」。

日本舞踊の場合には色が決まっており、「日」（太陽）は金色、「月」は銀色という風に表面の色はワン・ポイントで描きました。注文画は常々難しいと感じておりましたが、有難いことに前掲の通り花柳さんから創作『天地に…』についての序・破・急・結に至る概要を記した文章を頂き自然体で取り組もうという

▶扇子絵表紙（日本舞踊社発行・「日本舞踊」63巻2月号 平成23年）

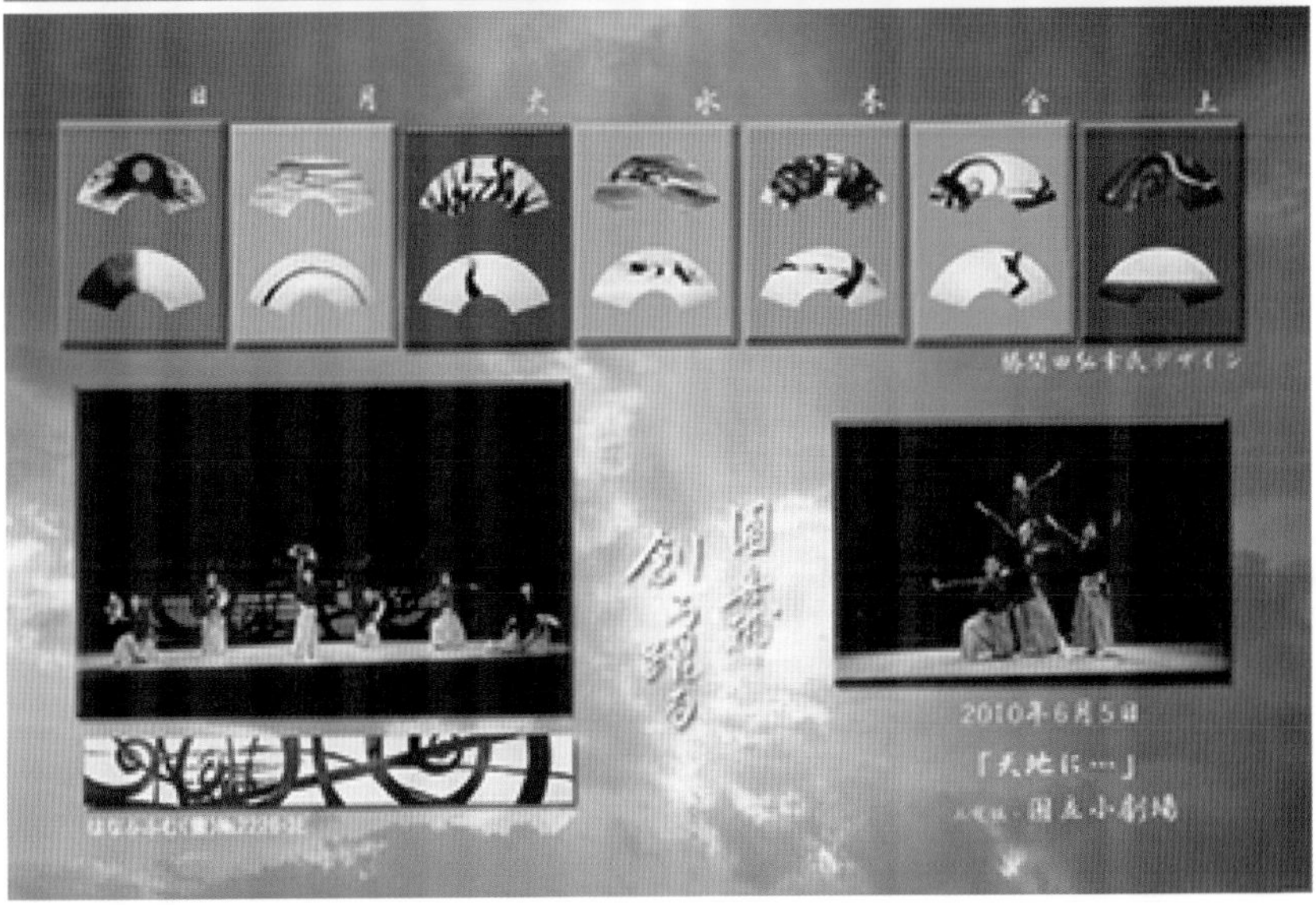

▶扇子絵 表・裏と創作舞踊『天地に……』舞台風景

想いになりました。

「日」（太陽）の表面は光を暗示し、裏面はこの地球に初めて陰陽を齎した存在としての陰陽を、「月」の表面は流れる雲に見え隠れする三日月を、裏面は地球を廻っている軌道を筆で扇面の円弧に沿って段々と掠れてゆくように描くのですが、丁度月の出ている神宮外苑を散歩中にふと「あ、そうか月が地球を廻っているその軌道を筆で描こう」という気持ちがごく自然に浮かんで来たことがあって、その時は月にも感謝でした。中でも「水」の裏面が一番難しく、水が流れているように見せたくて速筆で瞬間的に描くのですが、練習用の和紙では上手く行っても、本番用の扇面和紙では同じようには行かず、意識して瞬間的に同じような形を生み出すことの難しさを学ぶことが出来ました。この時は水にも感謝でした。「火」については、当初は裏面に赤い丸一点でしたが、リハーサルで舞台の床に扇子を立てて火を起こすシーンでは裏面に赤いスポット・ライトを当てても余り目立たないということで、表面の墨の炎に加えて赤色の炎を全面に加筆しました。そして、5人の囃子たちを乗せたせり上がり舞台の下に約1m×8mの空間ができるので、「この空間に貼るような絵があると良いのですが」ということになり、『花ふふむ（蕾）226』の縮小版下絵を和紙のロール紙で拡大プリントして頂きました。舞台とせり上がり床との隙間は僅かでしたので、貼り付けた和紙がせり上がり、せり下がりの際に「どうか引っかからないように」と祈っていましたが、幸いリハーサルも本番も無事であったことは何よりでした。「大きな自然界に生かされていることを悟る人の心に怖れや敬い、祈りが芽生えることを念じ」て創作された日本舞踊の舞台に参加させて頂くという誠に貴重な体験をすることが出来ましたこと、誠に有難く花柳さんを始め舞台関係の皆様に感謝の気持ちで一杯です。

カクテルはコラボレーション芸術の極致――感性と精神の結合

朝吹英和

哲学や美意識が言葉として定着するのが小説や詩歌であり、響きとして結晶するのが音楽であるように、ジンやウィスキー等ベースとなる酒に他の酒やフルーツジュース等の副材料をミックスして作るカクテルの背景にはバーテンダーの豊かな感性と精神、そして確かな技術が存在する。

創造性に富んだ感性と、フォルムとして構築する精神こそ芸術の根幹を成す要素であり、「バー石の華」のオーナー石垣忍さんの研ぎ澄まされた感性と探求心に満ちた精神がシェイクしステアして誕生するカクテルが芸術である所以である。カクテルのレシピは音楽に譬えると楽譜のようなものである。演奏者の感性や精神に基づく解釈によって再現される音楽は同じ楽譜から生まれたとは信じられない程多彩である。

代表的なカクテルであるドライ・マティーニの場合、構成要素はジン、ベルモット、氷、レモンピールである。素人でもＡＩでもこのレシピで作る事は可能であるが、達人の出来上がりとは雲泥の差がある。

石垣さんによるドライ・マティーニの作り方は、先ず吟味した最上級品質で最適サイズの氷4個をミキシング・グラスに入れてステアする。氷に回転を加えることに依って氷と氷の間に隙間が生じ、ジンなどが馴染む下地が出来る。氷が溶けた水を切った上で、ジンとベルモットを投入してステアし、やがて仄かな香りが立って来た瞬間にグラスに注ぎ、レモンピールで香りをまとめて完成する。そして予め氷を入れて数秒間冷やしておいたカクテルグラスに注いでサーブする。「石の華」ではグリーン・オリーブはグラスに入れずに別の小さなショット・グラスに入れて提供される。石垣さんによればドライ・マティーニは外気温度、室温、湿度などの条件によっても微妙に味わいが変わる香水のようにデリケートなものだそうである。

更に、ウィスキーのハイボールなどは誰にでも簡単に作れると思いがちであるが、石垣さんの手に掛かると全く次元の異なる格調高く切れ味

▶石垣さんのドライ・マティーニⓒ大原敏政

抜群のハイボールがサーブされる。

日常の世界に居ながら非日常の世界に飛翔し時空転位する事こそ酒を嗜む事の本質であり、人生の醍醐味ではないだろうか。

今聴いてきたばかりのコンサートの興奮が覚めやらないままに余韻に浸る時、今日一日の出来事を振り返るひと時、来し方の様々な軌跡に思いを馳せる時、近未来から行く末に至るまでを自由自在にイメージする時、自らを省みる時もあれば親しい友人と過ごす時もあるバーのカウンターには左様な思いでグラスを傾ける人々が集う。喜びの時も悲しみの時も様々な人生模様が重層し交錯する濃密な時空の中で石垣さんのシャープな感性と精神の結晶したカクテルを味わい、瞬間が永遠に繋がる体験を出来る事は人生における至福の時である。

朝吹英和

マティーニの海に沈みし夏銀河
モヒートのグラス重ねし巴里祭
咲き誇る石の華より冬の蝶
ギブソンを仕上げに今宵年惜しむ
春雷や切れ味鋭しネグローニ
石垣の砦遥かに雲の峰

『英国王室に献上された作品』――宇宙の理（ことわり）と生命の神秘

勝間田弘幸

絹製品の製造販売の老舗「椎野正兵衛商店」の社長である椎野秀聰氏から、『花ふふむ（蕾）2126／2127』をシルクのスカーフやショール等のデザイン素材として使いたい、というお話を頂いた時は、誠に光栄に思いました。横浜の赤レンガ倉庫の中のお店などで販売して頂き、2006年には、赤レンガ倉庫の展示場でシルク製品と一緒に私の絵画の展示までして頂き、これ又誠に光栄なことでありました。

更に椎野氏から「100年前の墨による神獣などのデザイン画が出てきたが、墨が掠れているので描き直して欲しい」とのご依頼を頂きました。「鳳凰」、「一角麒麟」を描き直すことになりましたが、参考として北斎の「八方睨みの鳳凰図」を見たら、色彩感豊かなのでこの際は墨だけではなく彩色もしたいとご提案し、椎野氏のご了解のもと鳳凰の羽は7色の虹にすることに

●2006年新製品「花ふふむ」（2006/6/18）

洋画（油彩）家として活躍中の勝間田弘幸氏の作品「花ふむむ」をSHOBEYシルクに染め上げました。
キャンバスの上に、墨と油彩を大胆に融合させた「花ふふむ」シリーズに登場する赤い点は蕾であり万葉の言葉で「花ふむむ」といいます。

ローン生地を使用　全4色
サイズ：90×90　大判スカーフ
60×180　ショール
90×180　大判ショール

画像は夏の新作発表会での展示の模様

▲『花ふふむ（蕾）2126・2127』をシルクで4色（スカーフ展示）
2004年作

▼鳳凰（墨のデザイン）に色彩を施した献上品について
（ハンカチーフ展示）　２０１６年

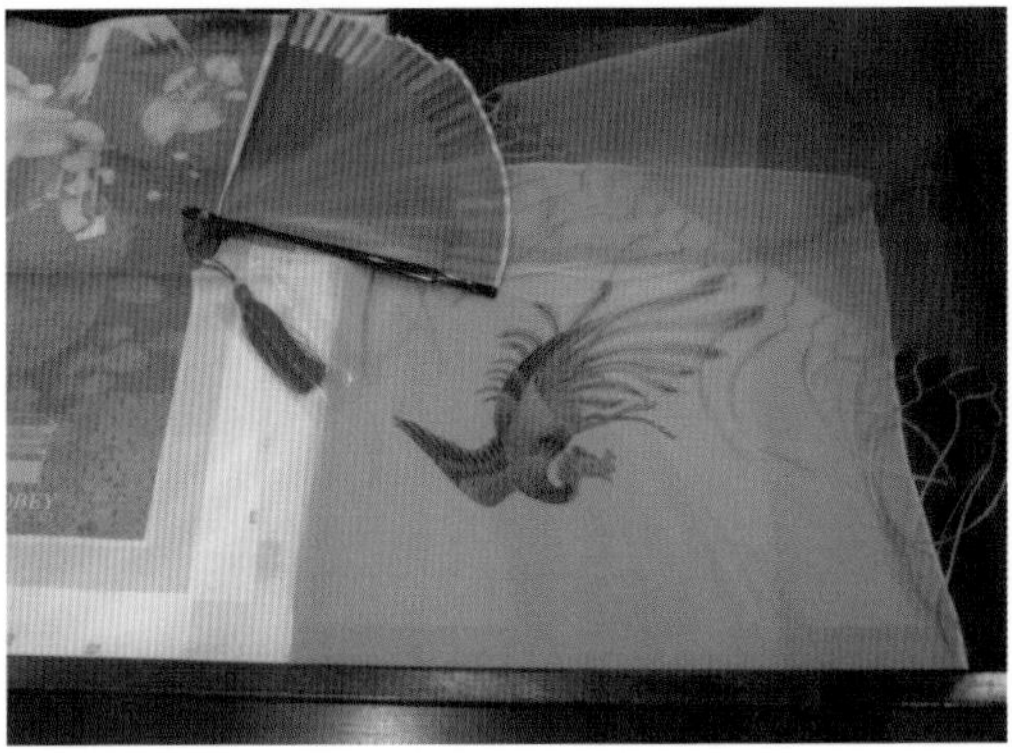

英国エリザベス女王陛下献上品

２０１６年１０月、英国エリザベス女王陛下にS.SHOBEY の絹製品をお納めするという栄に浴しました。

内容はバッグ１点、オーガンジーストール１点、ストール２点、スカーフ２点、オーガンジー扇子１点、ハンカチーフ１点の計８品でございます。

椎野正兵衛商店と英国王室との関係は、およそ１４０年前に遡り、１８７７年、ビクトリア女王のインド皇帝就任の際、皇帝の紋章（アームコート）を初代椎野正兵衛が製作したことに始まります。このたびバッキンガム宮殿と何度かのやりとりの後、女王陛下が私どもからの贈呈をお受けくださるとの連絡がありました。女王陛下のお好みのお色などをお聞きしましたところブライトカラーをお好みとのことですがこちらで選んでいただきたい旨のお言葉をいただきましたので上記の８品に決め、１０月２３日にお送りいたしました。

椎野正兵衛商店店主

▲献上された作品についての文章　２０１６年

しました。お陰様で「鳳凰」、「一角麒麟」の色彩デザインを施したものをスカーフやショール、ハンドバッグにして頂きました。この鳳凰がどこかに飛んで行って虹の架け橋になってくれたらいいなあ！　と密かに思っていたところ、テスト用にプリントしたハンカチーフの内の1枚が、なんと他のショールやハンドバッグなどのシルク製品と一緒に英国王室に献上されたと聞き驚きました。通常では受け取って頂けないのですが、英国ビクトリア女王のシルクのドレスを椎野正兵衛商店が制作した経緯があって、献上品とし

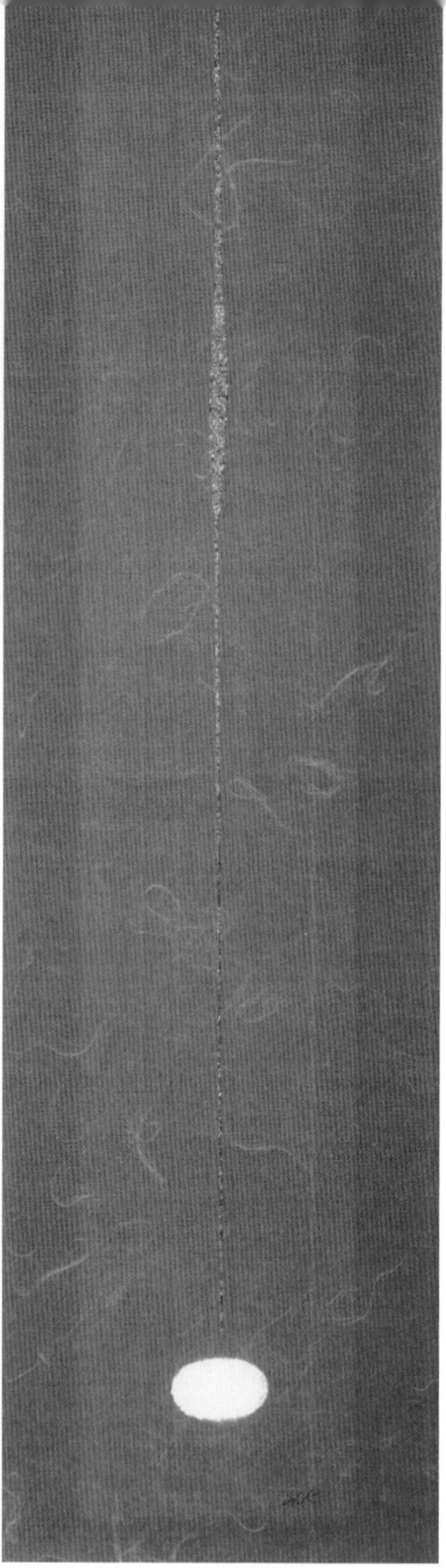

▲夢の通い路（繭）　2011年頃

てお納めすることが出来たとのことです。微力ではありますが拙作が英国と日本の虹の架け橋の一助になったとしたら幸いです。

シルクといえば、最近動画でお蚕様が眠りと脱皮を繰り返し、美しくも麗しい絹糸を出して繭を作り、羽化してゆく様子を見て感動しました。透明な容器に入れられたお蚕様は、先ず足がかりにする糸を出した後8の字形に糸を出して繭を作るのですが、地球の地磁気も北極と南極を軸に8の字形の磁力線を張り巡らせているのです。

そして1本の糸は切れることなく繋がっています。羽化する時は糸を柔らかくする特殊な蛋白質を出して繭に穴を開け脱出する。お

▲葛飾北斎／八方睨みの鳳凰図　1848年作

蚕様の生態と地球の磁力線と繋がりがあるとは……なんという宇宙の理というのか神秘の世界であると思いました。

一つの繭から１５００ｍの絹糸が取れ、一着の着物を作るのに３０００個の繭が必要とのことです。神社などの玉砂利石や森林浴、雷雨の後の清々しい空気感はマイナス・イオンの発生によると云われていますが、絹糸から発生するマイナス・イオンは、布となり服となったのち、皮膚の毛穴から体内に取り入れられ、細胞の活性化や血流を良くして健康増進に繋がるそうです。人間が他の動物のように体毛に覆われていないのは、マイナス・イオンを取り入れて皮膚呼吸しているからだと云われており、正にお蚕様様なのです。

拙作『麗しき稲妻』シリーズの中に『夢の通い路（繭）』があります。画面中央下部にパステルで繭を描き、繭の上に０・８㎜幅の直線のスリット（紙をカットする）を作り、裏側から七色にキラキラ光るメタリック・フィルムを貼った作品ですが、繭の中でお蚕様が夢を見ているという想定です。きっと、お蚕様は絹糸を通しての出逢いのことを色々と夢見ているのではないかと思いました。

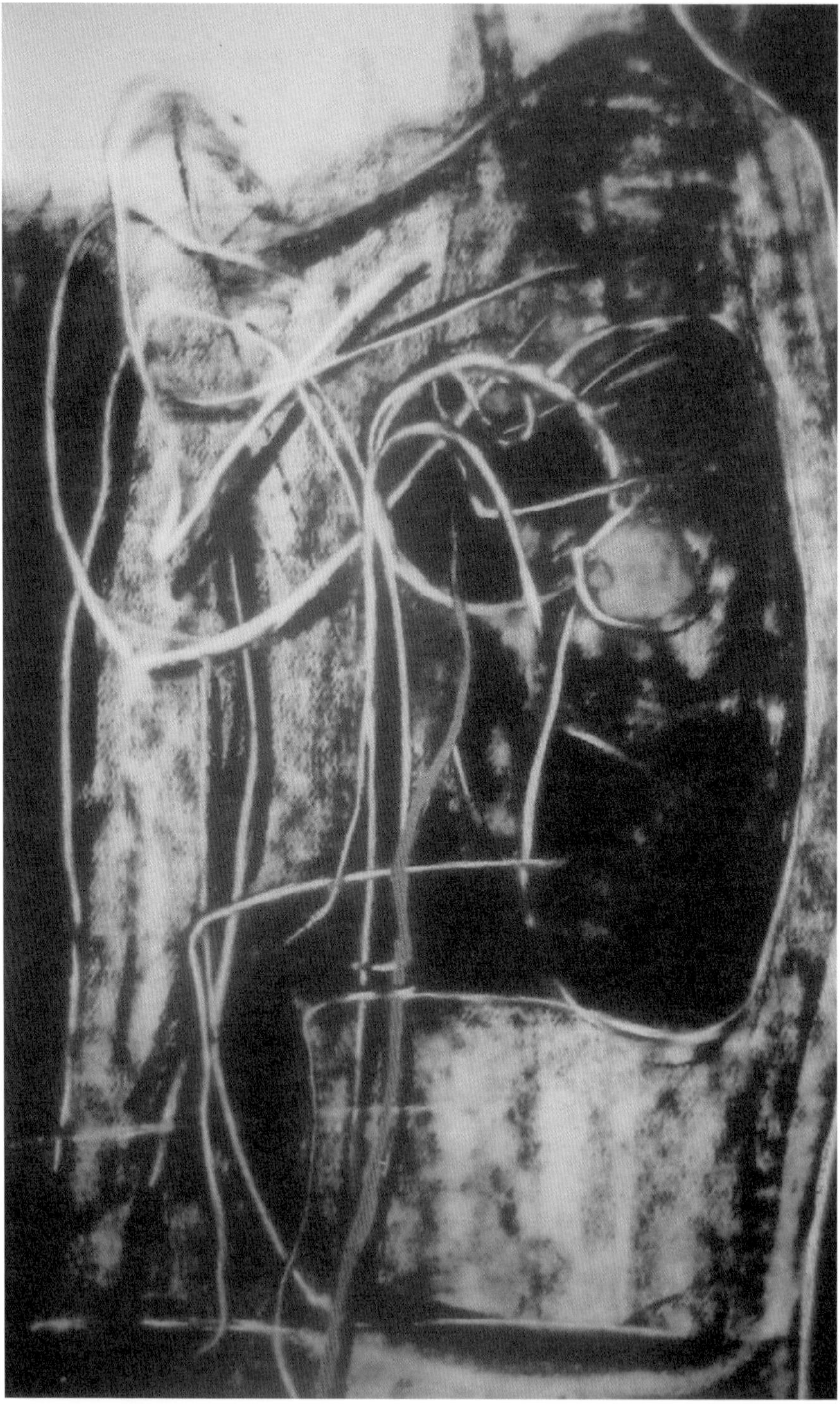

▲愛への距離No.108　１９９３年頃

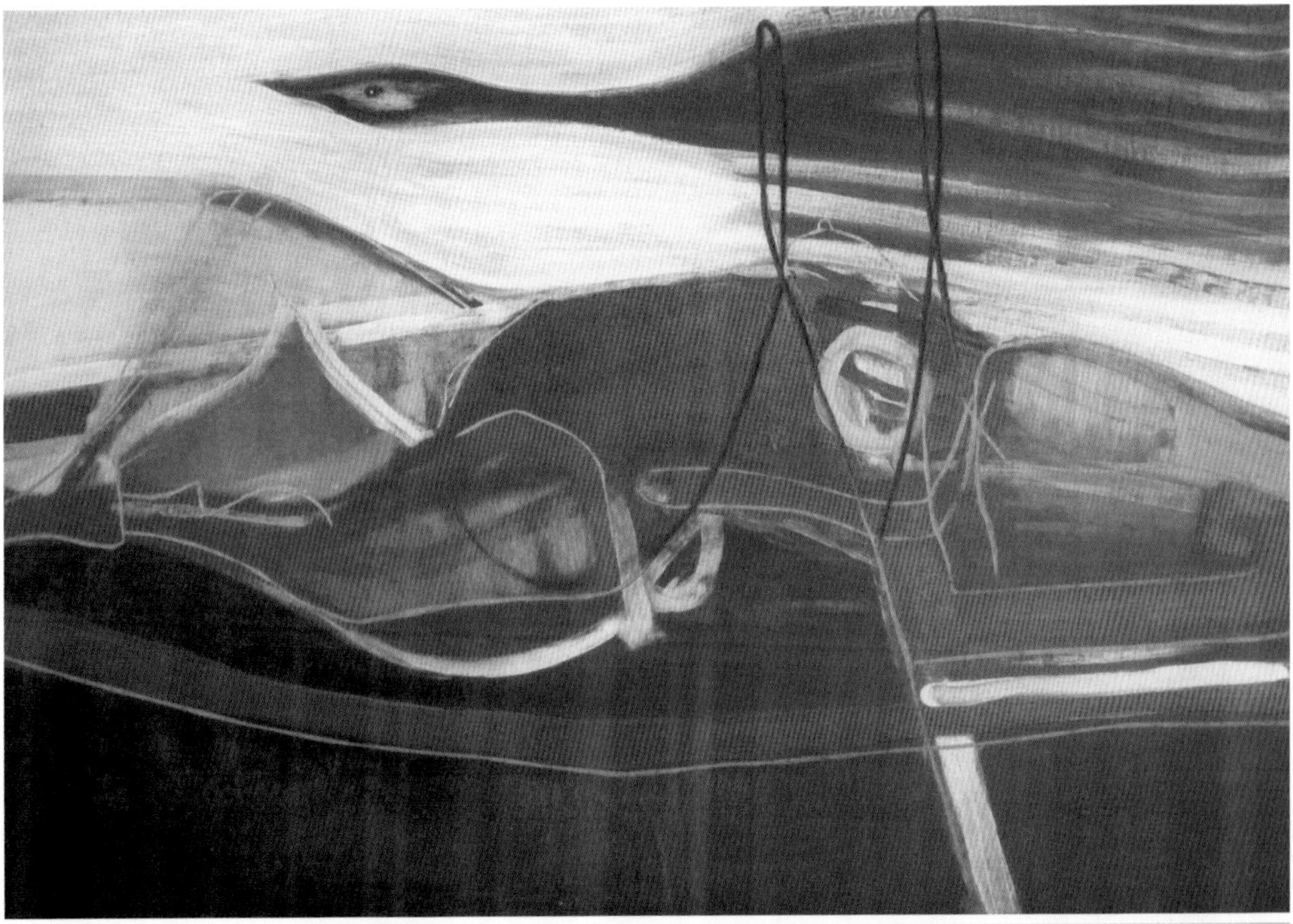

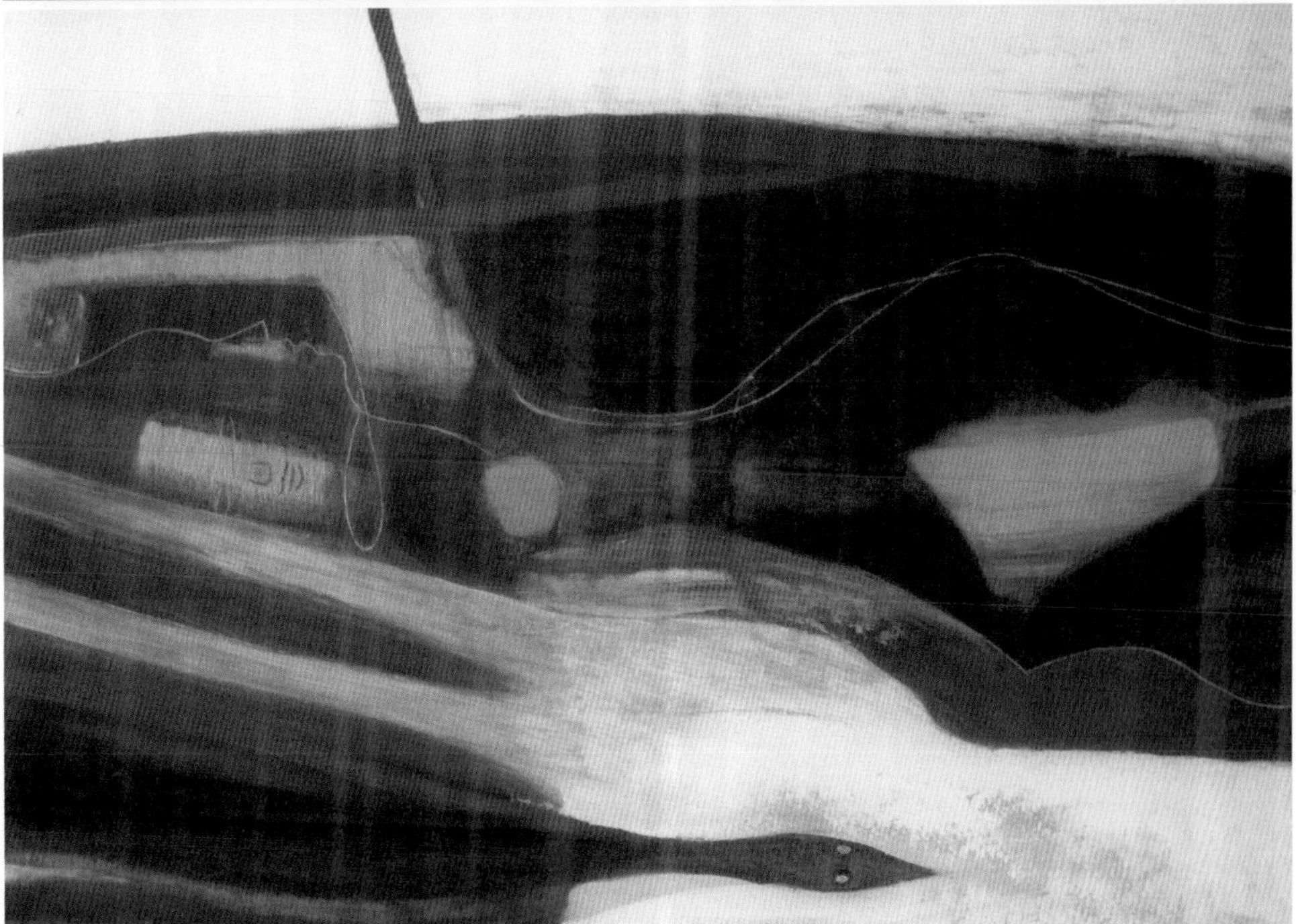

▲（上）Turn to nature Ⅰ　１９９６年頃　（下）Turn to nature Ⅱ　１９９６年頃

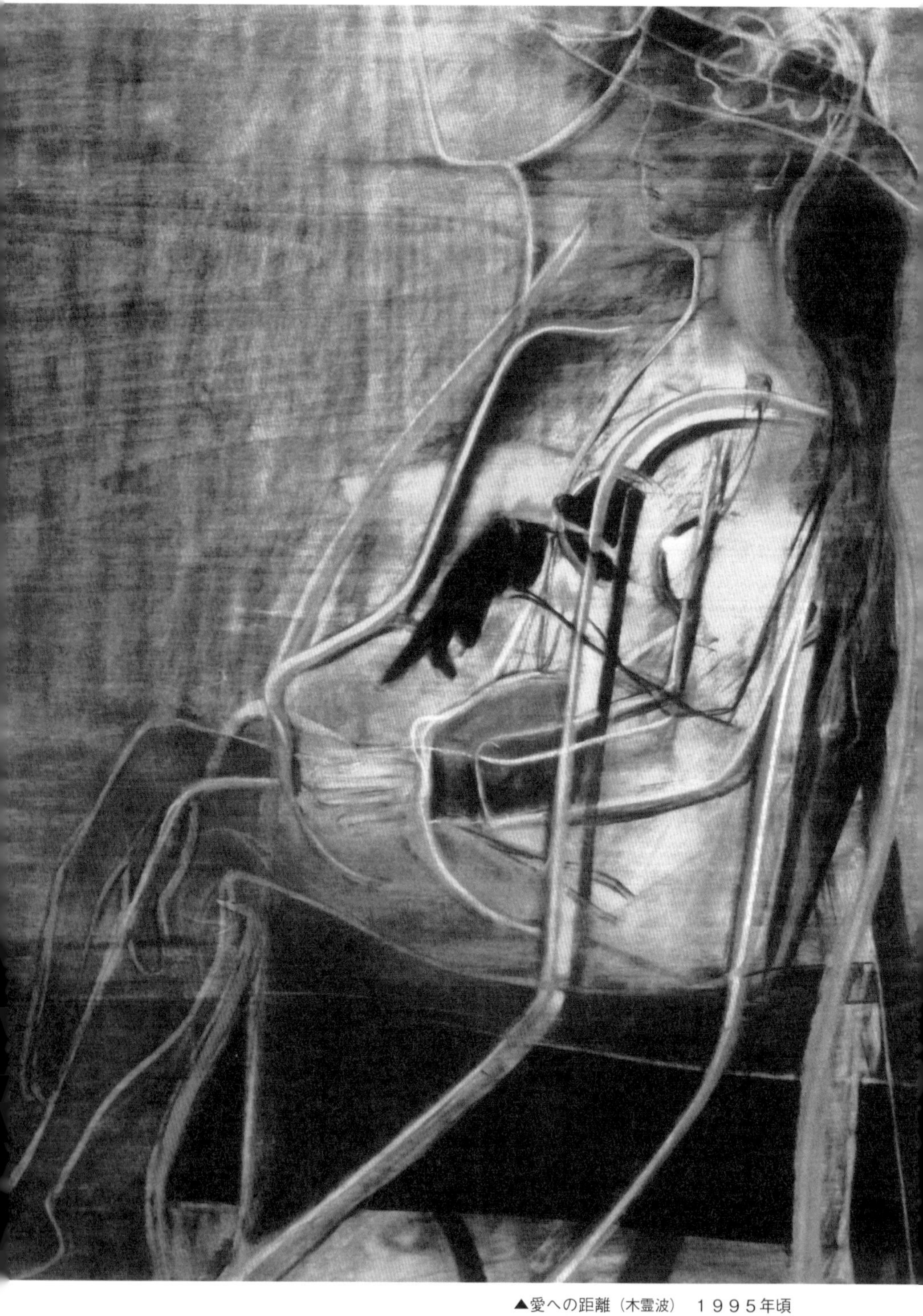

▲愛への距離（木霊波）　１９９５年頃

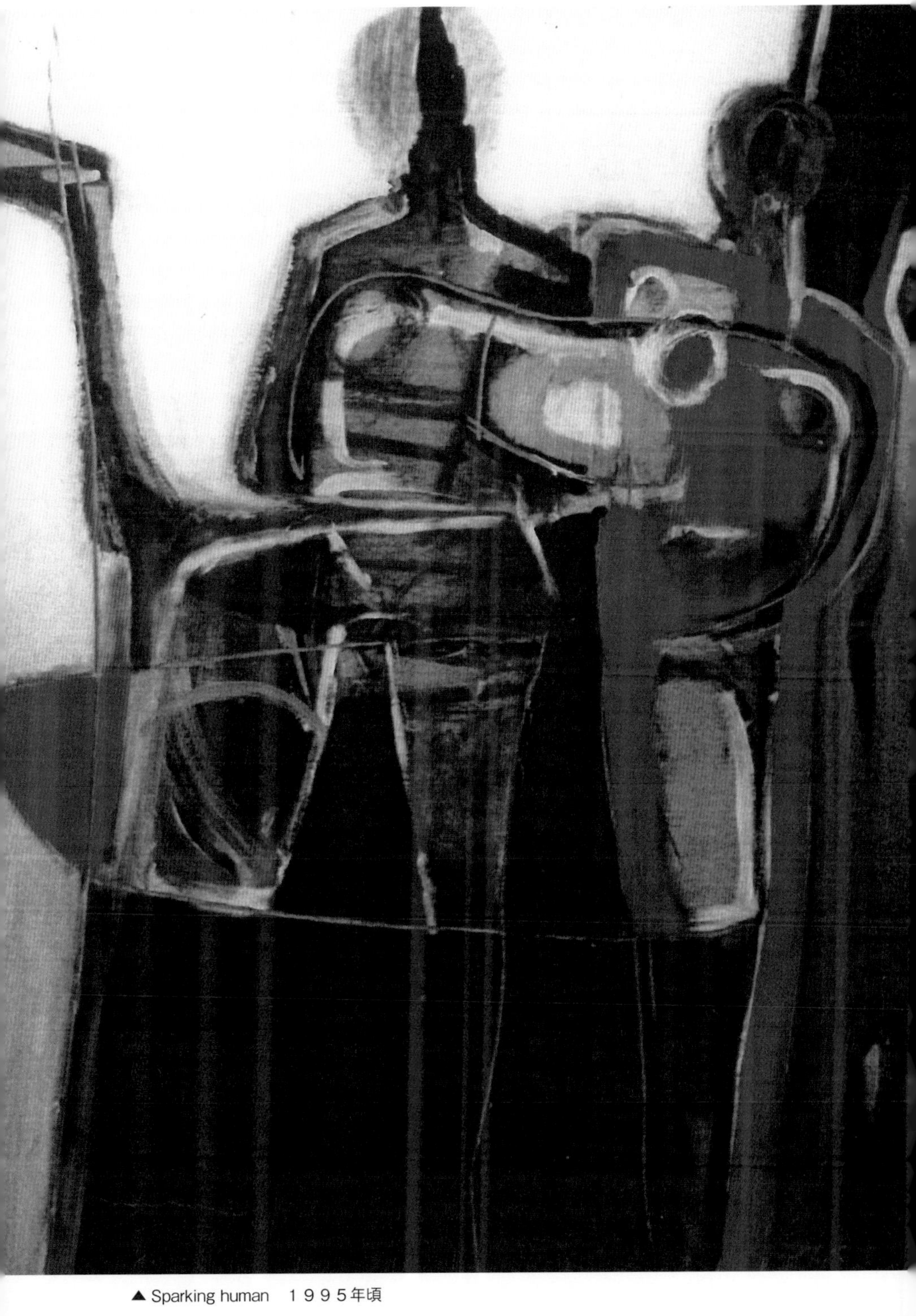

▲ Sparking human　１９９５年頃

『愛への距離No.108』——平面と奥行感

勝間田弘幸

30年程前、通勤の帰途ある駅のホームでの事。7~8m先をスカート姿の女性が歩いていたのですが、私の方が歩くのが早かったので階段を上がる時には2m程の近くまで来ていました。このような光景は良くありますが、この時は何故か8mと2mの違いで気持ちに微かな変化が起っていることに気が付いたのです。これって何だろうか、距離が変化するだけで気持ちも変化するのだとしたら、距離って一体何なのか。距離そのものに何かあるかも知れないと思い、毎週のようにモデルさんを描いている会で早速試みました。とは云っても皆さんと一緒に描いているので、私だけ近付いたり離れたりする訳にも行かず、数m離れた固定位置のまま、近付く時はカメラで云うところのズームアップの手法で像を拡大したものを重ねて描いてみた結果、立体的な奥行き感は増大したものの線や面が引き起こす複雑な表現はなかなか思うようには事が運びませんでした。更に主眼点である気持ちに起った変化、という心の現象を形象化するということは、至難の業であることも分かり、描く度に「これでは駄目だ」の連続で未だに失敗を続けております。それでも描き始めはいつも心ときめき、今回はなんとかしなくてはという意気込みなのですが……最近は……人生なんとかなるだろうという風になって来ております。ただ、何が起きるか解らないので、まだ希望の中におります。

『愛への距離』シリーズは100号のキャンバスを始めベニヤ板、和紙、洋紙などに木炭で描くことが多いのですが、『愛への距離No.108』の場合はB２判の洋紙に木炭で描いた後、画像を和紙にインクジェットプリントして、更にパステルや色鉛筆などで加筆したものです。20歳前から会社の帰りとか休日などに幾つかのデッサン会でモデルさんを描いてきましたが、どのシリーズのテーマも一言で云うと「２次元という平面に如何に色々な意味での奥行感を感じさせることができるか」ということだと思います。

精神のビッグバン――井上三綱とジャコメッティの時空認識

勝間田弘幸

１９６０年に世界的物理学者ロバート・オッペンハイマー博士（１９０４〜１９６７）が、画家井上三綱（１８９９〜１９８１）のアトリエを訪れ、絵を見た時に、「時間」が出ていると云いました。三綱にはそれまで、「時間」という意識はなかったため、時間とは何かと問うた所、博士は「速度」だと答えたのです。「物」と「空間」と「時間」はお互いに絡み合った存在で、物を摑んだ証拠として自由自在になるから速度が出る、これを「時間」というのだそうです。博士は三綱のアトリエで沢山の作品の中から４点を選び

「どの作品にもヒューマンと哀愁と深い美しさが満ち、その高い芸術性は生涯の努力の結実と思われる」と語ってくれたそうです。その後の座談会で三綱が語った言葉に彼の認識や美学が結晶しているのでご紹介致します。

「物を眺めてばかりいてはならぬ。物の中に分け入るとまた別の世界がある」（バイロン）、「奥行を探る画家でなくては偉大になれない」（ロダンが画家に与えた遺言状）、「私は東洋の想念芸術と西欧の理論芸術をくっつけたいのです、半々の折衷ということではなくて、想念芸術の裏づけに理論を方便として用いた」、更に三綱は僭越ながらと前置きして、「ピカソには空間と時間が無い。空間を摑んだものにしか時間は出ない」と語っています。

三綱はオッペンハイマー博士と会った感想を「物理学が般若心経の五蘊の深淵と同じところまで進んで、唯物と唯心の二つの映像が牝鹿の足のようにピタリと一つに重なったところに『空』を観じ、なおこのところにあらまほしきは神の心なりと願っている切たるものをオッペンハイマーの後姿に私は見た」と語っています。因みに三綱は芭蕉の『奥の細道』を画題にした双曲の六曲屛風を墨で上半分を書、下半分を絵画で描いており、俳句にも関心が高かったものと思います。

私は数人の絵の仲間と一緒に最晩年アトリエに井上画伯をお訪ねして、作品のご批評を頂き、また、色々とお話を聴くことが出来てそれは幸せなことでありました。

私は20歳の頃からアルベルト・ジャコメッティ（1901〜1966）に心酔していましたが、井上画伯の奥行感に対する認識は表現のスタイルこそ違いますが、ジャコメッティの認識と通底するものがあると思います。朝吹氏の句集『光陰の矢』には箱根の彫刻の森美術館の吟行で作句されたジャコメッティの句がありますので、私の鑑賞文と併せてご紹介致します。

梅雨寒のジャコメッティの孤愁かな　　朝吹英和

朝吹氏はジャコメッティ像に孤愁を感じられたようですが、掲句に出逢って私は「雨の町かどのジャコメッティ」（アンリ・カルティエ＝ブレッソン撮影）という写真を思い出しました。雨のパリの街路を一人でコートをほっかぶるようにして渡ってゆくものでしたが、ここには孤高の士の孤独を包むように哀愁が漂っているように感じられました。

ジャコメッティの細くて長い孤立した彫像に出逢った私は、その立像を取り囲む空間が異常な緊張感を孕んでいて彫像の発する強烈なエナジーと共に圧倒され、一瞬で避けてしまう印象を持った記憶があります。存在の贅肉を削ぎ落し限界ギリギリまで削られることで生まれるジャコメッティ独特の細い彫像周辺の空間に漲る緊張感。スタイルこそ違いますが、私は東京で展覧された法隆寺の百済観音菩薩像（別名虚空蔵菩薩）を正面から少しずつ角度を変えて像の周囲を回って見ていると、大腿部と側面に吊るされた布との間に紙一枚通るかどうかという隙間が出現しました。この隙間というか空隙が見える位置でこの立像を見ると、やはり緊張感が漲ってくるのでした。

存在をギリギリまで削ぎ落してゆくことで生まれたような虚空・空間がこちらにも拡大してくるようなエナジーと、存在に秘められている空間をギリギリまで狭めていったような虚空・空間が圧縮されてゆくようなエナジーから、共に強烈な緊張感を感じた訳ですが、この「虚」の世界を創造して「実」の世界に変容を！　感動を！　感激を！　齎してくれることこそ、俳句を始めあらゆる芸術表現の要諦なのだと想いました。「魂」という存在は「虚実の両極」を行ったり来たりして「精神のビッグバン」を引き起こしているのではないでしょうか。

ジャコメッティの孤愁——朝吹英和

句会の吟行で訪れた「彫刻の森美術館」（箱根）では広々とした庭園にヘンリー・ムーア（1898〜1986）や、高村光太郎（1883〜1956）等様々な現代彫刻が並び壮観であった。『人とペガサス』（1949年カール・ミレス作）は解放的な空間の中を実際に飛翔しているかのような迫力があった。そして室内の展示場で出逢ったジャコメッティの『腕のない細い女』（1958年作）を観た瞬間に私は強烈なエネルギーを感知した。ブロンズ製で60×8×20㎝という小さな像の圧倒的な存在感は、勝間田氏が体験された「立像を取り囲む異常な緊張感」を纏っており、モチーフの女性とジャコメッティ本人にも通じる重層する「孤独感」に触れた事が拙句誕生の源泉であった。

「限界まで削りに削る」ジャコメッティの美意識には、芭蕉の名言「言ひおほせて何かある」

を引くまでもなく極度に無駄を省いた短詩型である俳句に通底するものがある。

そして、後期ロマン派のマーラー（1860〜1911）やリヒャルト・シュトラウス（1864〜1949）の豊穣を極めた大編成の管弦楽とは全く対照的に極端に短い作品にも拘わらず明晰かつ緻密に凝縮された音楽で戦後の前衛音楽に大きな影響を与えたアントン・ウェーベルン（1883〜1945）の美学にも通じ、20世紀前半に活躍した芸術家が共鳴したであろう時代精神を感じる。

モーツァルトのオペラ『後宮からの誘拐』（1782年作）を聴いた皇帝ヨーゼフ2世から「ちょっと音が多過ぎるのではないか」と問われたモーツァルトが「陛下、丁度必要なだけの音符がございます」と答えたとされるエピソードは、無駄を排した完成度の高い作品を作曲したモーツァルトの矜恃の証左であり、古今東西を問わずに共通する芸術家の精神を物語っている。モーツァルトもまた音楽作品を通じて勝間田氏の提唱する「精神のビッグバン」を成就した稀有な存在であった。

引用先出典／井上三綱第二画集『時間について』収録の「対談時間に就いて」（1978年／東美デザイン刊）、1960年10月15日付「美術新聞」、「芸術家の精神的遺言」（1966年3月15日刊行の「朝日ジャーナル」）

あとがき

インターネット、携帯電話等デジタル化の進展によって日常生活の効率化やスピードアップが図られた現代にあって少子高齢化や核家族化、地域社会の連帯感希薄化といった社会構造の変化による人間同士のコミュニケーションの在り方の変容が著しい。

様々なファクターが重層的に絡み合い両極を往還する多重構造の中で起こる現象への対処はゼロか1かの単純化したコンピュータ思考では齟齬が大きく、ファジーなグレーゾーンへの対処は人間の感性や直観、想像力等精神の働きが肝要である。

日本モーツァルト愛好会を通じてご厚誼に与っている勝間田弘幸さんと音楽や絵画、そして俳句と芸術についての対話を重ねているうちに偶々喫茶店で見せて頂いた氏の絵画作品に触発されて、芸術相互のコラボレーションをテーマとしての論考を文章化しておきたいという願望が湧き上がり、勝間田さんと意見の一致を見たことが本著上梓の切っ掛けであった。埴谷雄高の提唱する「先達の精神を共有して次に繋げてゆく精神のリレー」に微力ながらも参画したいとの思いもあっての事である。

本著の内容は目次のタイトルに集約されており、古今東西の先達の遺した存在の本質を象徴する「梵我

「両極の往還」一如」、「万物同根」、「輪廻転生」、「色即是空　空即是色」、「不易流行」、「自同律の不快」、といった哲理に貫かれて瞬間が永遠に繋がる芸術の素晴らしさについての勝間田さんとの対話や夫々の著作がベースとなっている。

現実と仮想現実が混在する社会において事物の本質を探究し、豊かな想像力や直観を駆使して異次元の時空に飛翔し精神的に豊かな時空を体験し他者と共有することこそ人生の醍醐味ではないか。

来し方の人生でご厚誼に与り示唆に富むお言葉を頂いた皆様、数々の感動を与えてくれたコンサートを始めとする様々な芸術体験、そして本著執筆に際して参考にしたり引用させて頂いた著作や資料等を執筆された皆様に紙上を借りて深謝申し上げる次第である。

朝吹英和

『瞬・遠』掲載作品一覧表（索引）

作者『タイトル』
製作年／サイズ（㎝）／素材

勝間田弘幸（かつまだ・ひろゆき）

1947年5月18日東京都生まれ

1974年まで二科展、春陽展など出品、以後グループ展に参加

1998年〜　国際インパクト・アートフェスティバル（京都市美術館）

1999年　第4回国際現代アート・バルセロナ'99：1席

2000年　サロン・ドー・トンヌ2000（パリ）、アートネット・スイス国際平和美術展：赤十字チューリッヒ賞、国際アートフェア「リニアート」（ベルギーなど）

2001年　第1回国際芸術文化祭：オーストリア芸術産業賞受賞
アートネット・ブリスベン国際美術展：功労賞、ベルギーのギャラリー「アドリアン・ディビッド」の取扱い作家となる

2002年　日本現代墨表現展（上海）

2003年〜　NHK連続テレビドラマへの作品提供（朝ドラ、夜ドラ、土曜ドラマ）

2004年　ダイヤモンド八ヶ岳美術館ソサエティ個展、NHK山梨「いいじゃん山梨510」出演

2005年　「展覧会のマリンバ」／吉岡孝悦（マリンバ）、中川俊郎（ピアノ）と共に絵画と音楽のコラボレーション（東京文化会館など）
ニューヨークのMoMo Art取扱い作家となる

2006年　Sumiアート未来展（奈良市美術館）

2007年　石の美術舘にて個展（宇都宮CATVにて放映）

2008年　現代水墨画特別展（東京都美術館）

2009年　個展、椎野正兵衛商店とジョイント展（ギャルリー・パリ）

2010年　花柳園喜輔プロデュース／創作舞踊『天地(あめつち)に…』への作品提供（国立小劇場）

2013年　企画展「パンドラの匣の外」（東京都美術館）賛助出品

2020年　朝吹英和句集『光陰の矢』への作品提供（絵画と俳句のコラボレーション）

個展　現在までに43回開催

現在　日本モーツァルト愛好会会員

現住所　〒160-0011　東京都新宿区若葉2-9
hanafufumu8@ezweb.ne.jp

著者略歴

朝吹英和（あさぶき・ひでかず）

1946年６月12日東京都生まれ
1995年11月　俳句結社「握手」に入会、磯貝碧蹄館に師事
1997年７月　「握手」同人
2003年４月　第一句集『青きサーベル』上梓（ふらんす堂）
2004年11月　平成16年度「握手賞」受賞
2006年10月　第二句集『光の槍』上梓（ふらんす堂）
2008年10月　俳句と音楽のエッセイ集『時空のクオリア』
　　　　　　上梓（ふらんす堂）
2010年10月　第三句集『夏の鏃』上梓（ふらんす堂）
2011年３月　「握手」編集長（終刊まで）
2012年11月　「握手」終刊
2014年12月　エッセイ集『蜩時雨』上梓（ふらんす堂）
2018年９月　現代俳句文庫84『朝吹英和句集』上梓
　　　　　　（ふらんす堂）
2020年11月　第四句集『光陰の矢』上梓（ふらんす堂）

現在　「俳句スクエア」同人、「句親会」・「ハナマル句会」
　　　「新宿句会」各世話人

日本モーツァルト愛好会・日本モーツァルト協会
モォツァルト広場・日本ロッシーニ協会各会員

現住所　〒152-0022　東京都目黒区柿の木坂2-22-23
　　　　fwnz9099@nifty.com

瞬　遠――精神のビッグバン
朝吹英和　勝間田弘幸

2023. 2. 23 初版発行
発行人｜山岡喜美子
発行所｜ふらんす堂
〒182-0002 東京都調布市仙川町1-15-38-2F
tel 03-3326-9061　fax 03-3326-6919
url　www.furansudo.com/　email　info@furansudo.com
装丁｜君嶋真理子
印刷｜日本ハイコム㈱
製本｜日本ハイコム㈱
定価｜ 3000円＋税
ISBN978-4-7814-1532-1 C0095 ¥3000E